AF438791

LES
QUATRE AGES
DE L'HOMME,
POËME.

LES QUATRE AGES DE L'HOMME,

POËME.

Mais dans un tel écueil, l'efpoir qui me foulage,
C'eft que l'on veuille un jour achever mon ouvrage.

CHANT PREMIER, page 2.

A PARIS,

Chez MOUTARD, Imprimeur Libraire de la REINE,
de MADAME & de Madame Comteffe D'ARTOIS,
rue des Mathurins, hôtel de Cluni.

M. DCC. LXXXII.

PRÉFACE.

ON fe plaint depuis long-temps de la quantité d'Ouvrages nouveaux que la preffe voit éclore chaque année ; j'ai fouvent mêlé ma voix à celle du Public fur cet objet. Aujourd'hui c'eft une matiere qu'il ne m'eft plus permis de difcuter, je ne dois plus qu'écouter & me taire ; mais je demanderai feulement, comment dans ce nombre prodigieux d'Auteurs, en tout genre, qui femblent fe heurter, pour ainfi dire, entre eux pour fortir de la foule, ne s'en eft-il pas trouvé un feul qui ait rifqué de traiter le fujet dont j'offre ici l'efquiffe ? Il me femble qu'il fe préfentoit naturellement, & qu'il n'étoit pas indigne d'exercer la plume de nos Poëtes modernes. Peut-être fourniffoit-il plus à l'imagination & au talent que plufieurs de ceux qui enrichiffent notre Littérature, & il faut convenir que ce ne devoit pas être un motif d'exclufion.

Il réfulte deux chofes de ceci ; la premiere, qu'il n'a pas fallu de grands efforts pour choifir le fujet du Poëme que je hafarde de publier.

La feconde, qu'il paroîtra bien étonnant que je n'aye pas rempli une tâche dont je parois moi-même avoir fenti toute l'importance.

Je conçois la force du raifonnement, & je vais le prouver, quoique mon amour propre y trouve peu fon compte.

J'étois fort jeune lorſque l'idée de cet Ouvrage m'eſt venue; je ne cherchois point alors à travailler dans aucun genre de Littérature quelconque; mes occupations ordinaires m'éloignoient même en quelque ſorte de toute eſpece de travail d'agrément; auſſi je dirois preſque que le ſujet s'eſt offert à mon eſprit ſans ma participation; je le voyois indiqué par-tout, & Boileau, d'après Horace, dans ſon troiſieme Chant de l'Art Poëtique, en a donné en peu de vers un canevas qui porte le caractere dont ce Poëte immortel frappoit tout ce qui ſortoit de ſa plume. Jean-Baptiſte Rouſſeau l'avoit auſſi eſquiſſé de main de Maître; mais ce ne ſont que des ébauches légeres, & qui font regretter que les Auteurs n'aient pas entrepris le tableau.

D'un autre côté, ce tableau me paroiſſoit ſi vaſte, qu'à chaque croquis que je traçois en tremblant, la perſpective s'éloignoit trop de ma vue; alors effrayé d'une entrepriſe dont je ne voyois point le terme, le découragement me prenoit. Convaincu que j'entreprenois au delà de mes forces, tantôt j'abandonnois bruſquement l'ouvrage, & tantôt je le mutilois impitoyablement; en ſorte que, même dans l'état des choſes, ſi j'ai riſqué de le produire au jour, ce n'eſt qu'après l'avoir conſidérablement réduit, perſuadé qu'il falloit m'en tenir à une ſimple eſquiſſe, parce que les défauts choquent moins dans une eſquiſſe, que dans un tableau terminé.

Enfin j'ai cru qu'il valoit mieux être court qu'ennuyeux; auſſi le reproche d'avoir été trop

long & trop diffus, feroit peut-être de tous ceux
que l'on pourroit me faire, celui qui m'affligeroit
le plus fenfiblement.

Il eft peu d'Auteurs, qui, en paroiffant fur la
fcene, ne propofent une excufe au Public, ce qui
fuppofe que ce titre eft fouvent un tort à fes yeux;
voici donc la mienne : J'ai dit & penfé long-temps
que je n'imprimerois point; mais je n'ai pu voir
fans quelque peine paroître fucceffivement quelques-unes de mes idées dans différens Ouvrages. Je
me fuis figuré, dès ce moment, que, faute par moi
d'avoir pris date, la propriété m'en étoit conteftée;
que peut-être un jour on iroit jufqu'à dire que ce
bien , que je croyois m'appartenir , ne pouvoit
m'être commun avec ceux qui avoient pu penfer
comme moi, & que je le leur avois ufurpé. Que l'on
juge de l'effet d'une pareille inculpation dans l'efprit
d'un Homme qui fe croit Auteur ! & l'on fe trouvera
précifément à ma place. Mécontent d'avoir déjà fait
le facrifice de quelques-unes de mes propriétés
littéraires, & nouveau *Sofie*, las de renoncer ainfi
perpétuellement à moi-même, j'ai donc franchi
tous les obftacles que j'avois d'abord apperçus (1),
& j'ai couru les rifques de la publicité, en difant
avec un Homme de Lettres eftimable :

» Dans ce fiécle & dans cette Nation, il n'eft

----

(1) J'ai été un peu encouragé, à la vérité, par une perfonne
qui a fait fes preuves en Littérature, & que je nommerois ici,
fi je ne craignois que l'événement ne compromît fon amitié.

» pas aifé de conferver long-temps l'exclufive pro-
» priété de fes idées; je ne fais point de tréfor
» plus difficile à garder (1) «.

Je ne parlerai point ici de la difficulté qu'il y
avoit de traiter & de rendre certains détails de cet
Ouvrage; je ne m'aviferai pas non plus de faire
remarquer les plus heureux, ou les moins mauvais;
s'ils ont quelque valeur, le Public eft trop péné-
trant pour ne les pas faifir; & fi, au contraire, ce
même Public alloit être à cet égard d'un autre
avis que moi, je m'applaudirai tout bas d'avoir
fu garder mon fecret.

----

(1) Préface des *Obfervations fur la Mufique*, Ouvrage dans
lequel l'Auteur (M. de C...... de l'Académie F......) a eu le
rare mérite de mettre à la portée de toutes les claffes de Lecteurs,
des détails auffi profonds qu'ingénieux, fur une matiere fingu-
liérement abftraite.

LES
QUATRE AGES
DE L'HOMME,
POËME.

CHANT PREMIER.

L'ENFANCE.

C'est pour vous que j'écris, chers & sages Lecteurs,
Des Eleves du Pinde utiles Protecteurs,
Vous, que n'aigrit jamais le fiel de la satire,
C'est à vous de juger des essais de ma lyre :
Puisque vous faites grâce au timide talent,
Accordez à mes Vers un silence indulgent ;
Ou si vous dédaignez ma Muse chancelante,
Ne la déchirez pas, parce qu'elle est tremblante.

A

N'efpérez pas lui voir ces fublimes élans
Qui dérobent un Livre à la fureur des temps ;
Ce n'eft point d'un Héros la vertu trop fanglante,
D'un Philofophe altier la rudeffe impofante,
Ni d'un Pâtre amoureux les fades fentimens
Qu'elle vous offrira dans fes modeftes Chants :
C'eft l'Homme, tel qu'il eft, fans aucune impofture,
Ou, tel qu'à mes regards va l'offrir la Nature,
N'ayant en fa faveur, & pour toute beauté,
Que ce doux coloris fait pour la vérité.
    Je dirai de nos jours le rapide paffage,
Je peindrai l'Homme enfin, fi j'en ai le courage,
Et depuis le berceau le guidant par la main,
Avec lui, pas à pas, je ferai le chemin.
Mais dans un tel écueil, l'efpoir qui me foulage,
C'eft que l'on veuille un jour achever mon ouvrage.
    Noble fimplicité ! toi qui dans tes attraits,
Méprifant du faux goût les frivoles apprêts,
Poffedes le fecret de favoir toujours plaire,
Fais mouvoir fous mes doigts une plume légere,
Et que mes·Vers dictés par l'ordre & la clarté,
Refpirent la candeur & la naïveté !
    Vous, donc, qui défirez examiner l'Enfance,
Venez obferver l'Homme au jour de fa naiffance;
Et pour faifir les traits de cet être nouveau,
Jetez complaifamment les yeux fur fon berceau.
Voyez-le dans l'inftant où fa mere fouffrante,
Échappée aux accès d'une douleur cuifante,
Doucement s'abandonne à l'orgueil naturel
D'avoir vaincu l'effort de produire un mortel.
    Vivant, à fon infçu, fa fragile exiftence
N'offre qu'une fâcheufe & trifte défaillance,

Et, fans les cris plaintifs qu'il jette à chaque inftant,
On le croiroit toujours plongé dans le néant.
De l'Aftre rayonnant la clarté bienfaifante
Ne frappe point fes yeux ; fa paupiere tremblante,
Au milieu d'un beau jour, s'agite dans la nuit,
Et le char du Soleil fans l'éclairer s'enfuit ;
Il n'a qu'un fentiment, c'eft celui de la crainte,
Sa voix ne peut encore exprimer que la plainte.
A peine croit-on voir fur fes nerfs engourdis
Circuler lentement fes débiles efprits ;
Chaque fenfation, confufe, hafardée,
Arrive à fon cerveau fans y peindre une idée ;
Sa langue n'agit point, fon palais eft fans goût,
Et dans ce vrai chaos il exifte, & c'eft tout.

Un befoin trop preffant, la foif impatiente,
Vient allumer fes feux fur fa levre brûlante.
Si le mal eft urgent, le fecours n'eft pas loin ;
Et comme tout plaifir eft enfant du befoin,
A peine du remede a-t-il l'expérience,
Que fon cœur a déjà goûté la jouiffance.
Heureux ! quand fes liens permettent fes efforts,
Quand fes parens plus doux affranchiffent fon corps
D'un joug qui lui promet un futur efclavage,
Et que de fes deux bras ils lui laiffent l'ufage !
Il femble que, jaloux de voir dans cet Enfant,
D'un objet animé le germe intéreffant,
On voudroit le priver des fignes de la vie !
Garrotté fans mefure, on le gêne, on le lie.
Le feul plaifir qu'il eût, étoit celui d'agir ;
Dans un linceul funebre on va l'enfevelir ;
Sur fes membres perclus ces froides bandelettes
Seront de fes défirs les muets interpretes ;

A ij

S'il fait pour s'agiter quelque effort douloureux;
Tout se passe au dedans, rien ne parle à nos yeux (1).

Telle on voit, d'un air sombre, une triste momie
Peser sur son fourreau, comme en paralysie.

Encor! si tu pouvois, dans ces fâcheux instans,
Attendrir tes bourreaux sur le mal que tu sens;
Si jusqu'en ses ressorts ta langue embarrassée,
Dans ton sein douloureux n'enchaînoit ta pensée :
» De quel droit, dirois-tu, suis-je esclave en naissant?
» Pourquoi presser ces nœuds sur mon corps innocent?
» Pourquoi d'un joug si dur, ce vil apprentissage?
» L'Homme doit-il m'apprendre à recevoir l'outrage?
» Et quand mon sort m'appelle à dompter l'Univers,
» Dois-je enfin commencer par accepter des fers?
» Ah! plutôt qu'à mes yeux chaque objet s'embellisse,
» Et qu'ainsi, s'il se peut, mon ame s'agrandisse « !

Non, il faut qu'au travers de ce tombeau vivant
On cherche à distinguer son moindre mouvement,
Et que d'un sang fougueux la chaleur nourrissante
Brise de ces liens la digue fatigante.

Qu'il fut sauvage, hélas! celui qui le premier,
En croyant te chérir, te fit ainsi lier!
S'il eût jeté les yeux sur ces formes heureuses
Qui caressent ton corps de leurs graces moëlleuses,
S'il eût mieux observé ces contours séduisans
Qu'on voit se dessiner sur tes membres charmans;

---

(1) Il faut avouer cependant, qu'au moment où nous écrivons, cette méthode si funeste est moins en usage; mais on a tant de peine à détruire, en général, tout ce qui paroît consacré par l'habitude, que celle-ci ne sera peut-être, de long-temps, totalement abolie : d'ailleurs il est des vérités que l'on ne sauroit jamais trop répéter.

Il n'en eût appproché qu'avec l'inquiétude
De flétrir tant d'appas par un toucher trop rude.
Aussi la Fiction, pour peindre les Amours,
Dédaigna d'employer de futiles atours,
Et, laissant voir à nu leurs troupes voltigeantes,
Ne leur donna, de plus, que des aîles brillantes.

   Ah ! qu'on m'offre plutôt ce joli nourrisson
Que Lise dans nos champs éleve à sa façon ;
Sur son sein vigoureux il s'appuie avec grace,
Son bras nonchalamment à son cou s'entrelaisse,
Et, libre, dans ses jeux, de pouvoir l'embrasser,
Rien n'arrête ses mains s'il veut la caresser.
Sous les plis inégaux d'une mobile fraise,
Sa poitrine s'éleve & se meut à son aise ;
Le Soleil, en glissant sur son teint délicat,
A sa douce pâleur mêlant son incarnat,
De ce lis languissant a ranimé l'albâtre ;
L'air même autour de lui, plus vif & plus folâtre,
Dans ses cheveux blondins aimant à se mouvoir,
Fait flotter sur son front les deux bouts d'un mouchoir ;
Tandis qu'en souriant au repas qui l'appelle,
Sa levre palpitante aspire la mamelle.

   Mais craignons que la Parque, à la sanglante faux,
Ne moissonne en sa fleur, le fruit de nos travaux :
La fievre, en se heurtant sous la peau qu'elle enflamme,
Par un nouveau supplice a tourmenté son ame.
Son repos est encor si facile à troubler,
Que l'ombre du danger suffit pour l'accabler.
Tout peut être fâcheux, c'est le bouton de rose
Qu'un zéphyr trop pressant fanne avant qu'il éclose.

   Fuyez sur-tout, fuyez ce mal contagieux,
Dont l'approche est funeste & l'aspect seul hideux,

Qui, fatal à l'Enfant, chez le Vieillard s'irrite,
Et qu'avant de mourir, rarement l'Homme évite.
Sans s'épurer jamais, son souffle empoisonné
Dans le sang qu'il aigrit, fermente emprisonné;
Le frisson, les dégoûts annoncent sa présence,
Et sur un front livide ont peint la défaillance;
La peau se tend, s'éleve, &, plus vive en couleur,
Du feu qu'elle contient décele la chaleur:
Mais le mal exalté, sortant avec furie,
Défigure le corps s'il épargne la vie.

A la fleur de ses ans, la belle Euphrosion
Venoit de succomber à la contagion:
Ses deux Filles, déjà, les levres demi-closes,
Dans cet air destructeur alloient perdre leurs roses.
Sans force, sans espoir, lors élevant aux cieux,
Mais d'un regard touchant, l'émail de leurs beaux yeux:
» O puissante Vénus, dit Mirza d'un air tendre,
» Regarde tes Sujets & daigne les entendre!
» Reine de la Beauté, verras-tu sans douleurs,
» Sous ce triste fléau la Géorgie en pleurs,
» Et l'affreuse Atropos, dans ses courses sanglantes,
» Dessécher tant de fleurs sur leurs tiges tremblantes?
» Si tu nous garantis de cet affront cruel,
» Je n'ai qu'une colombe, & demain ton Autel
» Recevra de mes mains sa plume ensanglantée ».
Le sacrifice plut, Mirza fut écoutée;
Son âge, ses attraits, & sur-tout sa ferveur
De la belle Déesse obtinrent la faveur;
Car Vénus est sensible, elle aime qu'on la prie.
» Sois contente, Mirza, tes vœux m'ont attendrie,
Lui répondit Cipris; » mais il n'est qu'un moyen
» De conserver l'honneur du sang Géorgien.

” Toi-même, dans tes flancs ose braver l'orage,
” Verses-y le poison, sans craindre son ravage ;
” Son feu moins dévorant lorsqu'il obéira,
” Plus calme en son foyer, lentement s'éteindra.
” Que l'Homme, en te voyant dompter cette ennemie,
” L'oblige désormais à secourir la vie :
” Que l'épouvante cesse, & qu'enfin la Beauté
” Rende grace à Vénus & regne en sûreté “.
    Depuis, dans ces climats cette peste adoucie,
S'est, dans son propre piége, elle-même assoupie,
Et le mal n'est armé, que pour chasser le mal.
    Ainsi, sous nos gazons, lorsqu'un vil animal,
Glissant sur les anneaux de sa robe écailleuse,
Siffle, & lance en passant sa langue venimeuse,
Privé de tout secours l'infortuné périt
Dans des tourmens affreux : mais l'Homme plus instruit,
Jugeant à son salut cette vipere utile,
Sur la plaie encor vive écrase le reptile ;
Tant il est vrai que l'Art que l'on sait diriger,
Peut changer la Nature, ou bien la corriger.
    J'ai dit qu'un soin extrême, une utile tendresse
Veilloient sur cet Enfant, protégeoient sa foiblesse :
Que je me suis trompé, grand Dieu ! l'infortuné
Voit à peine le jour, qu'il est abandonné :
Chassé de ses foyers, c'est une mercenaire
Qui va, pour de l'argent, lui tenir lieu de mere ;
Car la sienne déjà loin d'elle le bannit,
Et d'un devoir si saint hautement s'affranchit.
    Tels on voit ces oiseaux, dont le triste ramage
Est aux époux fâcheux d'un sinistre présage,
Se décharger du soin d'élever leurs petits,
Et déposer leurs œufs ailleurs que dans leurs nids.

O vous ! qui lui devez vos fecours falutaires ;
Suivez, guidez fes pas, Puiffances tutélaires !
Sous fes yeux innocens, croiffez, naiffantes fleurs,
Prodiguez-nous pour lui vos parfums, vos couleurs ;
Doux enfans du Printemps, retenez vos haleines,
Inventez des plaifirs qui foulagent fes peines,
Et, lui rendant ainfi l'appui qu'il a perdu,
Soutenez ce rofeau tout près d'être abattu !

    Eh quoi ! jufqu'à nos jours, par ce barbare ufage,
On fait à la Nature un fi cruel outrage,
Et, chez des Peuples doux, ces noms fi révérés
De nourrice & de mere ont été féparés ?
Tandis qu'une Lapone, en fon amour plus fage,
Confond ces deux états, dans fa hutte fauvage ;
Que la Négreffe, loin de ce climat gelé,
A fon fils d'elle-même offre fon fein brûlé,
Et, fieres d'un emploi qui les flatte fans ceffe,
Se parent, à l'envi, des fruits de leur tendreffe.

    Mais penfez-vous qu'Elvire, en fon plus bel été,
S'applaudiffe à nos yeux de fa fécondité ?
Son cortége bruyant, l'embarras qu'elle entraîne,
Ne lui paroîtront plus qu'une ennuyeufe chaîne :
Car auffi-tôt que l'Homme a voulu tout polir,
Qu'il a changé des loix qu'il croyoit ennoblir,
De fes nouveaux travers il a peuplé les villes,
Et remplacé les mœurs par des vertus ftériles.
Une forte d'ufage, un froid arrangement
Ont paru s'introduire au lieu du fentiment,
Et pour anéantir nos coutumes antiques,
Nous ont offert par-tout leurs formes fymétriques.

    Sous l'œil du Jardinier ainfi le froid cordeau
Au fer qui doit le fuivre indiquant le niveau,

Fait tomber d'un bel arbre, en gâtant sa structure,
Le panache élégant qui formoit sa parure,
Et violant le goût, pour un mauvais coup-d'œil,
Au lieu d'un beau feuillage, offre un mur de tilleul.

Mais qu'il va t'en coûter, mere impie & barbare!
L'aliment qu'en ton sein la Nature prépare
Pour nourrir cet Enfant, ne suivant plus la loi
Ni l'ordre accoutumés, va tourner contre toi.
Ce nectar bienfaisant, en cherchant une issue,
Dans tous ses réservoirs se tourmente & reflue.
S'il change de nature, ah! crains qu'en ses fureurs,
Faisant de toutes parts fermenter les humeurs,
Il ne porte en ton sein le trouble & le ravage!
Ce n'est qu'avec douleur, qu'enfin l'Art te soulage;
Avant qu'il ait vaincu cet ennemi trop prompt,
Vingt fois la pâle mort menacera ton front.

Regarde cette mere en ses projets moins dure,
Qui, fidelle aux devoirs qu'impose la Nature,
Goûte tranquillement, dans le sein du bonheur,
Une volupté douce, inconnue à ton cœur.
Dans l'art touchant d'aimer, jalouse de l'instruire,
Elle guette son fils jusque dans son sourire,
Et lui fait partager ces doux tressaillemens
Qu'elle éprouve elle-même à ses premiers accens.
Un sang qu'il reconnoît circule dans ses veines;
Les regards qu'il lui lance, au milieu de ses peines,
Ont transporté son ame; un mot qu'en son humeur
Il a cru bégayer, va parler à son cœur;
Et déjà caressant d'une douce espérance,
Son esprit satisfait, que guide l'indulgence,
A pris une couleur, a peint un sentiment:
Si sa main au hasard a fait un mouvement,

Elle penfe auffi-tôt qu'il va chercher la fienne,
Et, lorfque l'œil errant, la démarche incertaine,
Près d'elle, fans deffein, il aura fait un pas,
Elle imaginera qu'il vole dans fes bras.
Mais quoi ! le fort, jaloux du bonheur qu'elle goûte,
Epanche dans fon fein le poifon goutte à goutte ;
J'apperçois la Difcorde entre elle & fon époux
Agiter fes flambeaux & diriger fes coups.
Eh bien ! n'en doutez pas, ce que n'auront pu faire
Sur cet homme hautain les larmes d'une mere,
Un enfant le fera, dans ces affreux momens ;
Je le vois foulever fes deux bras innocens,
Preffer, en fanglotant, les genoux de fon pere,
Et chercher dans fes yeux ce que peut fa priere :
C'étoit un tigre ; mais, au milieu deux placé,
Le cruel ne peut plus garder un front glacé ;
Il faudra qu'au dehors l'ame s'ouvre un paffage,
Et qu'il dépouille enfin fon naturel fauvage.

  Faites valoir vos droits, Sexe aimable & charmant !
Guidez nos premiers pas, fuivez votre penchant ;
Ne livrez pas l'Enfance à de ferviles ames,
Donnez-lui vos vertus, vos féduifantes flammes.
Moins féroce en fes mœurs, s'il eft vrai que par vous
L'Homme foit devenu plus fenfible & plus doux ;
Si notre caractere eft l'ouvrage du vôtre,
Nous aurons l'art de plaire ! il en vaut bien un autre.

  Homme tendre & fublime, ô toi ! dont le mépris
Condamna nos erreurs dans tes fougueux Ecrits,
Que j'aime, en t'écoutant, cette fainte colere
Que tu fais retentir dans l'ame d'une mere !
Le cri de la Nature, & dont tu fus l'écho,
Nous parut dans ta bouche un langage nouveau ;

La Vérité fortit, & fa vive lumiere
Long-temps bleffa nos yeux, qu'a préfent elle éclaire.
Puiffe donc fa clarté pénétrer tous les cœurs,
Faire, au milieu de nous, revivre pour les mœurs,
Des époux plus foumis, des époufes plus fages ;
Et la Poftérité, revenant aux ufages
Qu'auroient dû refpecter les coupables Mortels,
Chez les Peuples penfans te devra des autels !
    Cependant, exilé du fol qui l'a vu naître,
L'Enfant ouvre les yeux & voit déjà paroître
Une foule d'objets qu'il ne diftingue pas.
La robufte Lifon, qui le tient dans fes bras,
En fixant fes regards a reçu fon hommage,
D'un amour qui va naître, innocent témoignage,
Et découvrant un fein que l'Art n'a point gâté,
Où fous un lin groffier refpire la fanté,
Lui donne, cette fois, une feconde vie.
Ce don fi précieux l'un à l'autre les lie ;
Tous les deux, fatisfaits de cette illufion,
Vont fe prêter l'un l'autre à la féduction.
    Tel un arbre choifi pour un nouvel ufage,
A des fruits qu'il adopte, offre fon tronc fauvage,
Et ce fruit, élevé dans fon fein généreux,
Preffe amoureufement fes rameaux orgueilleux.
    Ces careffes, ces foins, cette douce impofture
Entre eux ont rétabli les droits de la Nature.
L'Enfant aime fa voix, fes grotefque façons,
Et fourit aux refrains de fes vieilles chanfons.
Si fa bouche fe tait, il n'en eft pas de même
De fes yeux, de fes mains, tout en lui dit qu'il aime,
Il trépigne de joie, &, par fon mouvement,
Dit tout ce qu'il ne peut exprimer autrement.

On lui parle, & sa langue avec effort essaye
De répéter des mots, qu'enfin elle bégaye.
Bientôt son amour propre, orgueilleux du progrès,
De ce travail nouveau, s'applaudit du succès,
Son ame se dilate, &, fier de son adresse,
Sur des tons différens il les redit sans cesse.
Il faudra tout entendre avec ce peu de mots,
Car le ton seulement en fixe l'à-propos;
Soit qu'il approuve ou non, qu'il aime ou qu'il haïsse,
Qu'il rende sa pensée, ou bien qu'il la trahisse,
De ce vaste théatre ardent observateur,
Il se montre, avant peu, fidele imitateur.
Sur tout ce qu'il a vu son masque s'étudie,
Et par un geste sûr en offre la copie.
Si l'on rit devant lui, sa levre va s'ouvrir
Pour laisser échapper les signes du plaisir;
Et déjà le marmot, cédant à son envie,
S'amuse sur parole & rit de compagnie.
  Mais aussi quand les maux le viendront assiéger,
Qu'il faudra surmonter quelque obstacle léger,
Des larmes promptement mouilleront son visage,
Et des cris, s'il le faut, seront mis en usage.
Veuille le Ciel, hélas! qu'on plaigne ses douleurs,
Et que souvent on sache interpréter ses pleurs!
Que dans ces canaux purs, où son sang se colore,
Le lait verse les flots d'un sang plus pur encore
Et qui n'apporte pas dans son paisible sein,
D'un aliment infect le secours assassin!
Enfin qu'on n'aille pas, dans cette ame innocente,
Jeter des passions la racine brûlante;
Car c'est sur les enfans que l'on peut déjà voir
L'Imagination exercer son pouvoir.

Cette fille du Ciel, de forme vaporeufe,
Qui peut rendre la vie heureufe ou malheureufe,
Établit fon domaine au fond de leurs cerveaux,
Pour y peindre, à fon gré, les objets laids ou beaux;
Et fans jamais finir les tableaux qu'elle invente,
Par leur variété les flatte ou les tourmente.
Là, de nos paffions empruntant les couleurs,
C'eft elle qui difpofe ou des ris ou des pleurs,
Qui fait rapidement tout mouvoir à fon ordre,
Et portant dans leur fein le calme ou le défordre,
Regle tout, brouille tout dans leurs jeunes efprits.
Un jour, de fes faveurs les voyant moins épris,
Pour faire mieux goûter leurs douceurs éphémeres,
Elle fera près d'eux voltiger les Chimeres.
   Tout débile qu'il eft, vous verrez votre Enfant
Chercher à devenir plus fort à chaque inftant;
Bientôt, las d'obéir, il commence à connoître
Qu'il ne faut que de l'art pour commander en maître;
Plus profond qu'on ne penfe, en fecret il verra
Le foible ou la pitié qu'il vous infpirera.
S'il prodigue fans fruit fes careffes d'ufage,
Quelques larmes de plus acheveront l'ouvrage,
Et par ces grands moyens qui le font réuffir,
Tout ce qui peut lui plaire, il faura l'obtenir.
Ainfi, dans le filence arrangeant fes fyftêmes,
Il lit dans notre cœur plus avant que nous-mêmes.
Si vous vous égarez, c'eft en ce moment-là,
Qu'adroit, fans le favoir, votre Enfant puifera
Du jufte & de l'injufte une confufe idée,
Et que fans nul retour elle eft déjà fondée.
Comme il obferve tout, rien n'eft indifférent;
De chaque impreffion fon cerveau fe frappant,

En inftruit fa mémoire, & cet écho fidele,
Si-tôt qu'il l'interroge, au befoin la rappelle,
   Deux fois les noirs frimas ont ridé les coteaux
Et dépouillé le front des jeunes arbriffeaux ;
Et deux fois le foleil, careffant leurs furfaces,
A fait évanouir les neiges & les glaces ;
La riante prairie a repris fes couleurs,
Et couronné deux fois la terre de fes fleurs.
La forêt moins déferte, & plus myftérieufe,
A vu fe ranimer la colombe amoureufe ;
L'hirondelle fend l'air, cet inconftant oifeau
Va fe montrer pourtant fidele à fon berceau.
   L'indifférente Elvire, un matin fe rappelle
Qu'autrefois un Enfant fut exilé par elle ;
Dans fon cœur attendri, ce trifte fouvenir
Lui retrace fes torts & la fait treffaillir.
Son amour renaiffant, qui bientôt la tourmente,
Fatigue de défirs fon ame impatiente :
Elle veut voir fon fils, le ferrer dans fes bras.
Déjà vers fon afile elle a conduit fes pas ;
Sa joie en approchant s'accroît, fon cœur palpite,
Sur ce fruit précieux elle fe précipite,
Si-tôt qu'elle le voit..... O mortelle douleur !
L'Enfant, de cette ivreffe altere la douceur ;
Car en lui l'habitude abufant la Nature,
Il ne l'appercevra, qu'en lui faifant l'injure
De détourner la tête & de pouffer des cris ;
Elle frappe fes yeux, fans frapper fes efprits.
Mais faut-il s'étonner, fi, dans un tel myftere,
Le fein qui le nourrit eft celui qu'il préfere ?
On cherche à le convaincre, on n'y réuffit pas.
Il demande fa mere en pleurant dans fes bras.

Ce n'eſt qu'avec le temps, ce temps qui tout efface,
Qu'Elvire avec effort peut obtenir la place
Qu'elle a droit d'occuper dans ce cœur outragé,
Et que long-temps encore on verra partagé.
　Ainſi, loin de ces bois, de ces plaines tranquilles,
Il va donc reſpirer l'air infect de nos villes :
Hameaux, champs & boſquets, lieux qu'il a tant chéris,
Dont il ſaura, plus tard, mieux eſtimer le prix,
Vous n'aurez de long-temps le bonheur de lui plaire ;
Mais ſi dans ſes foyers il retrouve une mere,
Le plus grand des bienfaits lui vient d'être rendu,
Et vous ne valez pas ce qu'il avoit perdu !
　Le voici donc ſorti des mains de la Nature,
Poſſédant un cœur ſimple avec une ame pure ;
Dans un calme auſſi grand, ſes modeſtes déſirs
N'ont pour unique objet que d'innocens plaiſirs ;
Ses beſoins ſont légers, &, pour les ſatisfaire,
Il trouve ſous ſa main tout ce qui peut lui plaire.
Tout paroît de ſon goût ; s'il folâtre, s'il rit,
Le jeu lui fait la loi ; s'il a faim, l'appétit.
Sur le premier gazon où le ſommeil le verſe,
Un ſonge doucement bat de l'aile & le berce,
Par-tout, de ſon pouvoir protégeant ſon repos,
Morphée, en ſoupirant, a ſemé ſes pavots.
A lui-même étranger dans ce vaſte hémiſphere,
Comme il ne connoît rien, tout lui plaît ſur la terre.
Par les femmes encor gouverné mollement,
Ses jours, aſſez ſereins, coulent tranquillement.
Il auroit le bonheur, s'il pouvoit le connoître.
　Mais laiſſons-le jouir un moment de ſon être.
Faſſent au moins les Dieux, qui lui ſervent d'appui,
Que l'éclair du plaiſir brille un inſtant pour lui ;

Que des Sylphes badins les cohortes errantes
Se mêlent à ſes jeux, ſous des formes riantes;
Que, toujours gambadant au bruit de ſes grelots,
Momus offre à ſes yeux ſes groteſques tableaux;
Qu'enfin, voyant du Dieu flotter la banderolle,
Pendant ſes plus beaux jours dans ſa troupe il s'enrôle!

    Et vous, en attendant, Lecteur, un Chant nouveau,
Cueillez-lui quelques fleurs pour orner ſon berceau.

CHANT II.

CHANT II.

L'ADOLESCENCE.

Sois docile à ma voix, riante Volupté ;
De nos premiers plaisirs tendre Divinité,
Viens chanter, mais sans art, la timide innocence,
Et d'un éclat plus vif parer l'adolescence ;
Pour fixer les regards sur ses foibles erreurs,
Sous le jour le plus doux, ménageant tes couleurs,
Offre à mes yeux conduits de surprise en surprise,
De cet âge imprudent la nuance indécise ;
J'ai besoin, cette fois, de tes brillans pinceaux,
Répands donc ta fraîcheur sur ces nouveaux tableaux,
Et que mon jeune essaim, dans ses jeux éphémeres,
Tâche au moins de saisir tes bluettes légeres !

Insensé que je suis ! comment, sans m'égarer,
Tracerai-je des mœurs qu'il ne faut qu'effleurer ?
Dois-je, avec gravité, peindre un peuple volage,
Ou bien, en folâtrant, décrire un badinage ?
Ah ! sans flotter ainsi sur un simple projet,
Suivons l'impulsion qui naîtra du sujet :
Trop foible pour l'essai que j'ai craint d'entreprendre,
J'aurai fait assez bien, si je me fais entendre ;
Et si, plus d'une fois, ce travail qui me plut,
Attache mon Lecteur, j'aurai touché le but.

Mais lorsqu'à discourir mon indiscrete Muse,
Sans pouvoir faire un choix se consume & s'amuse,

B

J'apperçois des Enfans jouer , danſer, courir ,
Comme par tous les ſens reſpirer le plaiſir.
  Tels , pendant la chaleur d'une belle ſoirée,
S'élevent ſur les bords de la rive altérée
Ces inſectes brillans, qui, feignant de mourir,
N'habitent leurs tombeaux que pour s'y traveſtir.
Après avoir dormi d'un ſommeil léthargique,
On les voit, ſecouant leur pouſſiere magique,
Las de ramper , muets, voler en bourdonnant,
Et culbuter dans l'air, ballotés par le vent.
  Ainſi je vois entrer mes Enfans dans la lice ;
Leur but, c'eſt le plaiſir ; leur loi, c'eſt leur caprice :
L'ignorance, à leurs yeux, confond innocemment
Et l'âge & la fortune, & le ſexe & le rang ;
Je vois s'entremêler les Garçons & les Filles ;
Les Garçons, par inſtinct, fêter les plus gentilles,
Et naître, dans ces jeux encore indifférens,
De chacun de leurs goûts les premiers élémens.
L'un, dans ſon badinage, a plus d'étourderie ;
L'autre, plus de fineſſe & de coquetterie.
Les Garçons, moins adroits dans ce qu'ils tenteront,
Moins faits pour ſe plier, ſe montrent tels qu'ils ſont ;
Les Filles, pour leur âge, un peu plus réſervées,
En y mettant plus d'art, feront plus achevées ;
Et ſe contrefaiſant juſque dans leurs propos,
Déjà par habitude ont des dehors plus faux :
  Mais vous qui de ce Sexe appréhendez la ruſe,
Croyez qu'en ſa foibleſſe il a plus d'une excuſe.
Qu'importe qu'en ſa bouche un non me cache un oui,
Si du vrai ſens du mot je me trouve ébloui ?
Que fait à mon bonheur, cet innocent menſonge,
Si le ton qu'il y met m'avertit que j'y ſonge ?

Si vraiment, à mes yeux, ce dehors affecté,
Du fecret de fon cœur trahit la vérité ?
Qu'eſt-ce enfin, dites moi, que le change qu'il donne,
Et qu'une fauſſeté qui ne trompe perſonne ?
  Cependant mon Eleve eſt dans le tourbillon ;
Il s'anime, il s'agite, & , nouveau Papillon,
Accourant au plaiſir qu'il prend à la volée,
De momens en momens, paroît dans la mêlée.
Dans un ſi grand tumulte, on le voit à la fois
Tranſporté, ſans deſſein, dans mille & mille endroits.
L'éclair eſt moins rapide , & mon œil ne peut ſuivre
Le Génie.infenſé qui l'agite & l'enivre.
  Au milieu de leurs jeux, tel un liége emplumé
S'élance en pirouettant dans le vide animé ;
Et trompant le coup-d'œil du Joueur qui le guette,
Vingt fois, par un faux bond, échappe à la raquette.
  L'âpreté des hivers, les ardeurs de l'été ,
Tout , hormis le travail, ſert ſa frivolité.
  Là, d'un ſillon glacé la ſurface gliſſante
Attire ſur ſes bords la troupe turbulente ;
Le moins poltron s'élance, &, d'un pied enhardi,
Frappe à plat le niveau du liquide endurci,
Qui, fuyant ſous ſes pas, offre un ſentier plus frêle,
Où la bande en riant vient rouler pêle-mêle.
Mais la neige entaſſée en floccons plus peſans ,
S'arrondit ſous leurs mains, vole au nez des paſſans ,
Et, par un triple effet, meurtrit, aveugle, inonde.
On rit, mais l'offenſé tout haut murmure & gronde :
Lorſqu'on voit tout-à-coup, l'Ennemi de leurs jeux,
Se gliſſant en fournois , paroître au milieu d'eux ;
L'un s'enfuit, l'autre tombe ; un autre, plus docile,
Prêt à lever le pied, eſt pourtant immobile.

L'homme noir se tourmente en son triste harnois;
Tance l'un, frappe l'autre, & tous, d'un air pantois;
Le cou penché, l'œil fixe, & se mordant la langue,
Le laissent en silence achever sa harangue.

Le mouvement renaît, on retourne au logis,
Où le Pédant fâcheux, les suivant tout contrits,
Comme un chien de Berger fait autour d'eux sa ronde.

Ailleurs, un autre enfant osera braver l'onde,
Et loin de tout secours cache aux regards d'autrui,
Ce qui n'est seulement dangereux que pour lui.
Heureux! cent fois heureux! si la rive traîtresse,
Dans ses balancemens, respecte sa foiblesse;
Si la chaleur du temps & la fraîcheur de l'eau
Ne menacent ses jours d'un accident nouveau!

Malheur, en cet instant, à l'animal timide
Qu'il peut faire tomber dans un piége perfide,
Que pour mieux le saisir peut-être il va blesser,
Ou qu'il étouffera, croyant le caresser!

Mais, que dis-je? malheur à la tendre fauvette,
Qui trop à sa portée a construit sa retraite!
Pour déposer déjà les petits qu'elle attend,
Elle a choisi dans l'ombre un bois qui la défend
Et des ardeurs du jour & des eaux de la pluie;
Sur une tresse molle, en cuvette arrondie
Que la plume & la mousse embrassent de leurs lacs;
C'est là que sans relâche, & loin de tout fracas,
Gardant ce feu sacré qui produit des merveilles,
Elle attendoit en paix le doux prix de ses veilles.

L'impitoyable Enfant pénetre le taillis,
Et remplissant le but de ses vœux étourdis,
Jette sur la nichée une main téméraire.
Instruite, cette fois, du malheur d'être mere,

La pauvrette se plaint & cede à sa frayeur,
Pour lui, fier de sa prise, il sent battre son cœur,
Et sortant de son œuf l'oiseau qu'il fait paroître,
Change en un jour de deuil le jour qui le voit naître.
L'innocent meurtrier laisse échapper des pleurs.
» Me préserve le Ciel d'augmenter tes douleurs,
» O mere infortunée « ! Et perçant la charmille,
Il reporte à son nid la future famille.
Cependant il s'éloigne & jouit du plaisir
De voir cette fauvette à ses œufs revenir.

    Ainsi, bien mieux que l'Art, la touchante Nature
Lui donne des devoirs la leçon la plus pure,
Et corrige, aux dépens de sa légereté,
Ce que dans cet Enfant on nomme cruauté.

    Jamais dans son cerveau la hâtive prudence
Ne viendroit arrêter sa prompte effervescence,
Si la réflexion, gênant sa liberté,
Ne refroidissoit pas son intrépidité.
Exempt de préjugés, il ne pourroit rien craindre,
Et son esprit plus fort penseroit tout atteindre.
Veillez donc seulement sur ce qu'il veut tenter,
Sans paroître toujours follement l'arrêter;
Jusque dans ses écarts il mettra de la grace,
Et j'aime à voir en lui cette naissante audace.

    Lorsque prêt au combat, Hector, en menaçant,
Fait frémir sur son casque un panache ondoyant,
Andromaque d'abord peut se sentir émue;
Mais je veux que son Fils soutienne cette vue;
Qu'élevé tendrement dans les bras du Héros,
Il touche cette aigrette, en agite les flots,
Et qu'alors il échappe un sourire à sa Mere.
Mais que je crains de voir cet Enfant ordinaire

Affliger le Guerrier par fa timidité;
Pour éviter de voir ce cafque tourmenté,
Invoquer tout en pleurs, dans les yeux d’une Femme,
Des objets plus touchans qui raffurent fon ame!
  Turenne encore Enfant, de molleffe accufé,
Aux douceurs de fon lit s’eft, dit-on, refufé;
Le coucher le plus rude eut feul droit de lui plaire;
Et digne, dès ce jour, de lancer le tonnerre,
Sur l’airain d’un canon, un Dieu, fans s’étonner,
Le trouvant affoupi, parut le couronner:
Mais quel autre que Mars auroit pu fe réfoudre
A contempler fon Fils endormi fur la foudre?
  Quiconque fe croit fait pour inftruire un Enfant,
Dans le choix des moyens s’égare trop fouvent.
On ne veut rien devoir à fon expérience,
Et jufqu’à fa frayeur a le nom de prudence.
Ouvrant les yeux trop tard & fe trouvant moins fort,
A chaque pas qu’il fait il perd de fon reffort;
Tout eft pour lui l’objet de craintes chimériques,
La terreur lui fait voir mille êtres fantaftiques,
Qui fans ceffe occupés de troubler fon repos,
Lui tendent à plaifir des piéges tout nouveaux.
L’un, tout exprès pour lui, fera fortir les ombres,
Qu’il évoque en tremblant de leurs demeures fombres;
Et, dupe le premier, en leur donnant un corps,
Va peindre à fon cerveau les Diables ou les Morts.
L’autre, dans fes récits encor plus ridicules,
Ajoute à ce tableau fes vifions crédules,
Et contant d’un air grave, un rêve un peu plus fou,
A vu le Juif errant courir le Loup-garrou.
  C’eft ainfi que toujours, abufant fa jeuneffe,
On rend un Homme enfant jufque dans la vieilleffe;

Son efprit inquiet fe frappant de terreurs,
S'agite & fe fatigue au milieu des erreurs.

Sans cette vérité, de grace, qu'on m'apprenne
Comment au Groënland il vaincroit la baleine ?
Et comment dans l'Afrique & ces fables brûlans,
Il eût de ces deferts attaqué les Tyrans ?
Les Hommes font-ils là, tout autres que nous fommes ?
Sont-ce des Dieux enfin, ou feulement des Hommes ?
C'eft l'Homme, & rien de plus, guidé par le flambeau
Dont jadis Prométhée éclaira fon berceau (1).

Mais laiffons-le régner dans ces deferts ftériles,
Et revenons à l'être habitant de nos villes.

Faut-il donc, malgré moi, vous peindre fes malheurs ?
Dans l'âge des plaifirs, il va verfer des pleurs !
Un travail trop aride, & peu fait pour fon âge,
Lui fera commandé de l'air le plus fauvage.
Séqueftré dès ce jour, & du monde écarté,
A peine tiendra-t-il à la Société.

Dans un réduit obfcur où la Pédanterie,
Loge avec la Sottife & la Caffarderie,
Les grilles, les verroux forment des lieux clauftraux
Où vient mourir l'effort de tous ces Étourneaux.
Sous l'œil d'un Magifter, des Pédans fubalternes
Répandent la terreur dans ces doctes Cafernes :
C'eft là qu'avec méthode on doit aller, venir ;
Qu'au coup de cloche il faut boire, manger, dormir,
Jouer ou travailler, ou jafer ou fe taire ;
C'eft là qu'on parle Grec à la barbe d'Homere ;
Que maint Cicéron bâille en fon coin triftement,
Du chagrin de fe voir trop près d'un Rudiment,

____

(1) L'Homme civilifé eft fi loin de cette énergie, qu'il traiteroit
de fables les récits les plus véridiques en ce genre.

Et que Phédre après lui traîne son commentaire.
Vous ni trouverez pas Racine ni Moliere (1),
Ni ces Auteurs François, dont le vers bien écrit,
Épure le discours en amusant l'esprit ;
Mais on pourroit y voir le Maître & ses Grimauds,
Un vieux Tacite en main, en traduire les mots,
Ou, d'un ton lamentable, interpréter sans grace
Les beautés de Virgile ou la gaîté d'Horace.
Là, mon lourdaut bridé par son génie étroit,
Préparant à la Troupe un travail mal-adroit,
Vous met dans l'embarras de pouvoir reconnoître
Lequel est le plus sot de l'Éleve ou du Maître :
Toujours pesant & froid, c'est avec dureté,
Qu'il vient à cet Enfant prêcher l'humanité ;
Et loin que ce Mentor descende à sa foiblesse,
Il faut que l'Écolier s'éleve à sa rudesse (2).

----

(1) Je fais d'avance toutes les objections qu'on peut me faire à ce sujet : mais soyons de bonne foi ; les Auteurs Latins sont-ils, pour la plupart, plus purs & moins dangereux que quelques-uns de nos Auteurs François ? On n'oseroit pas le soutenir. Eh bien ! pourquoi ne ferions nous pas pour notre Littérature, ce que l'on n'a pas dédaigné de faire pour une Littérature morte & étrangere ? Pourquoi, par exemple, sort-on du Collége sachant par cœur les principaux traits de l'Histoire Romaine, & ne possédant pas un mot de celle de son propre Pays ? Les *pourquoi* ne finiroient pas ; mais ce n'est point ici le lieu d'une discussion qui nous conduiroit trop loin.

(2) Le peu de cas que l'on fait malheureusement des personnes qui se consacrent à l'éducation des Enfans, il n'en faut pas douter, est cause que le petit nombre de gens instruits à qui cet état conviendroit, ou dédaignent de l'entreprendre, ou se hâtent de l'abandonner : il résulte de là, que, de toutes les

Le voilà donc ce temps, que l'on nous vante encor !
Qu'en profanant le mot, on nomme l'âge d'or !
Ce temps, qui n'a d'attraits que tous ceux qu'on lui prête,
Et qui ne s'embellit qu'alors qu'on le regrette.

Homme injuste & léger, que rien ne satisfait,
A qui, dès le berceau, le moindre joug déplaît ;
A ce prix voudrois-tu changer ton existence ?
Viens donc, sans commander, chérir l'obéissance,
Gémir dans l'esclavage, en dévorant ton frein,
Et, pliant au travail un front toujours serein,
Fuis donc la liberté pour les bancs d'une classe !

J'ai connu ce bonheur, qu'on nous peint avec grace,
Et je le vois encor dans son éloignement,
Sans que la perspective en fasse l'ornement.
Occupé jour & nuit de mon unique affaire,
L'Univers avec moi s'enfermoit dans ma sphere ;
Alors peu m'importoit, sur mes livres plié,
Que Louis fût vainqueur, ou George humilié ;
Que l'on fît à Mahon ou la paix ou la guerre,
Que la France perdît ou Buffon ou Voltaire.
Mais si du sombre airain l'ennuyeux tintement
Vingt fois, du haut des airs, m'annonçoit mon tourment ;
S'il falloit, quand Borée avoit durci la neige,
M'arracher à mon lit pour me rendre au Collége :
Sur mes yeux, dans mon cœur le chagrin s'imprimoit ;
Et même, quand au jeu le plaisir m'animoit,
J'aurois bien pu nommer, dans ma plainte importune,
La perte d'une balle, un revers de fortune.

---

professions, la plus délicate peut-être & la plus respectable,
est confiée pour l'ordinaire à ceux qui manquent précisément des
qualités nécessaires pour l'exercer.

Ce qui nous rend jaloux du fort d'un Écolier,
C'eſt qu'il n'a que des maux que l'on vient d'oublier;
Qaels que ſoient les plaiſirs qu'il goûte à l'improviſte,
Son rôle eſt le plus foible, il eſt donc le plus triſte.

Puiſſe au moins cet Enfant, égal en ſon humeur,
S'attacher au travail, en riant du Doĉteur!
Mais comment feroit-il? l'âge de la folie
Eſt rarement celui de la philoſophie!
Le dégoût ſuit bientôt; les hommes lui font peur,
Car il les juge tous d'après ſon Gouverneur.
Renfermé dans lui-même, & déteſtant la vie,
Il va livrer ſon ame à la miſanthropie.
Le chagrin, de ſon cœur déjà s'eſt emparé,
Son front peint l'eſclavage, il a dégénéré;
Et s'il plie, en tremblant, ſous le joug qui l'accable,
C'eſt qu'il ſe flatte encor de l'eſpoir miſérable,
Que, devenu plus fort, il pourra quelque jour
Uſer auſſi du droit d'être injuſte à ſon tour.

Eh quoi donc! malheureux, Doĉteur triſte & ſtupide,
Ne pouvois-tu lui faire un travail moins aride?
Quoi! des cris arrachés par de vils châtimens,
Deviennent ſon langage & ſes premiers accens!
Ah plutôt! devant lui fais marcher la lumiere,
Tu le verras voler; & s'il tient la carriere,
Donne-lui la couronne, il faut la lui céder;
La tienne eſt dans ton cœur, tu peux te l'accorder:
Mais deviens généreux au moins dans la conquête;
Ce laurier que tu prends, ſied bien mieux ſur ſa tête.

L'exemple doit par-tout s'offrir à chaque inſtant,
Un mot eſt précieux, un geſte eſt important.
Ne crains pas avec lui d'aller jamais trop vîte;
Quelque choſe qu'il voye, il faut qu'il en profite.

Cependant quelquefois, par un succès fatal,
Le bien que l'on veut faire est trop voisin du mal;
Ainsi, je n'aime pas que, forçant la Nature,
On m'offre une primeur qui tient de l'imposture;
Qui fait que l'on ne sait, grace aux efforts de l'Art,
Si ce fruit se présente ou trop tôt ou trop tard;
Qui n'ayant de valeur que celle qu'on lui prête,
Se hâte de m'offrir sa saveur imparfaite.
Il faut que chaque fruit mûrisse en sa saison.
J'ai vu de ces Enfans, dont le docte jargon
Tenoit un Cercle entier dans le plus grand silence,
Et qui feroient haïr jusques à la Science.
Tous ces petits Savans, qui font tant de fracas,
Coiffent souvent plus tard le bonnet de Midas.
Fuyons donc ces échos, dont l'insipide souffle
Retient les derniers sons des grands mots qu'on leur souffle.

Mais la fiere Atropos, suspendant son ciseau,
A laissé quinze fois dévider le fuseau;
Et déjà notre Enfant, calculant ses années,
Voit échapper ses jours des mains des Destinées.
Doucement transporté sur les ailes du Temps,
Il découvre bientôt, dans la foule des ans,
Son quatrieme lustre, & sa premiere enfance
A déjà loin de lui laissé de la distance.

Par un charme nouveau sa taille s'agrandit,
Dans ses proportions tout son corps s'arrondit,
Et chaque trait prenant sa forme réguliere,
Au jeu de sa figure ajoute un caractere.
Son œil, à volonté, changeant d'expressions,
Dessine en traits de feu toutes les passions,
Et portant ses reflets sur le front qu'il éclaire,
Le fait voir tour à tour ou sensible ou févere.

C'eſt là que l'ame agit, qu'on peut la regarder,
Ou que chez le méchant je la vois ſe farder ;
Car ce maſque expreſſif, en ſon muet langage,
Sur les êtres vivans double ſon avantage.

    Superbe, & ſe ſentant fait pour donner des loix,
Il vient de s'éveiller pour la premiere fois ;
La majeſté, la force ont chaſſé la foibleſſe,
Et la Virilité va parer ſa jeuneſſe.
A ſa marche impoſante, à ſon geſte aſſuré,
Les Animaux ont fui d'un pas moins meſuré ;
Devenus ſes vaſſaux en le voyant paroître,
Tous ont été forcés de plier ſous un maître.
Quelques-uns, plus ſoumis, ont accepté ſes fers,
Et même les premiers au joug ſe ſont offerts.
Lui ſeul, au deſſus d'eux levant ſa tête altiere,
Peut jeter ſes regards ſur la Nature entiere ;
Sa voix, foible jadis, qui va ſe décider,
Annonce un être fier & fait pour commander ;
Sa Raiſon qui mûrit, déjà plus exercée,
Fait dans un plus bel ordre éclore ſa penſée,
Et, frappant ſon cerveau de ſes feux les plus prompts,
Dans un foyer plus pur épanche ſes rayons.
De ce léger flambeau la lumiere flottante
Deviendra ſon ſeul guide en ſa marche tremblante ;
Heureux ! toutes les fois que, ſuivant ſon fanal,
Il pourra, dans ſa courſe, être à l'abri du mal.

    Ainſi, lorſque la nuit, dans ſon ombre ſoudaine,
Surprend un Voyageur égaré dans la plaine ;
Dans cette obſcurité, s'il apperçoit des feux,
Qui, par inſtans encor, brillent devant ſes yeux,
Il s'attache à les ſuivre & reprend l'eſpérance ;
Mais, que de fois auſſi, trompant ſa confiance,

Ces éclairs paſſagers lui ſemblent inconſtans !
Que de fois , ébloui par tous leurs mouvemens,
Inquiet , égaré , ce malheureux redoute
Les dangers inconnus ſemés ſur cette route !
Tel eſt le ſort fâcheux de mon Adoleſcent ;
Que je crains les erreurs de ſon eſprit naiſſant !

   Tout le frappe : le chant de cette Tourterelle ;
L'ardeur de ce Moineau qui pourſuit ſa femelle ;
Ce Poiſſon , qui, ſenſible au ſouffle du printemps,
Nous fait voir ſous les eaux de doux frémiſſemens,
Atteſte que l'Amour a pénétré ſes ondes ;
D'un Peuple d'animaux il voit ſortir des mondes !
De la fleur amoureuſe un fœtus eſt ſorti ,
Et le grain qui ſe gonfle a fait penchet l'épi.

   Ignorant les deſſeins qu'a ſur lui la Nature ,
Au dedans de lui-même , un indiſcret murmure
Parle confuſément à ſon cœur étonné ;
De prodiges nouveaux il eſt environné ;
Il reſpire la vie avec trop d'abondance ,
Et voudroit au dehors porter ſon exiſtence.
Il ſe tait , & pourtant une foule d'objets
Réveille , à chaque pas , ſes ſoupçons inquiets.
Et dans le trouble doux où cet état le jette ,
Il aime ſon tourment , & lui-même s'y prête.
Juſqu'au jeu le fatigue , & ſon cœur eſt blaſé ;
A quels affreux malheurs ſera-t-il expoſé ,
Si quelqu'un n'a pour lui la pitié ſalutaire
De calmer promptement ce mal incendiaire ?
Qui jamais pourroit plaindre un tel égarement ?

   Ah ! j'ai vu , le dirai-je , un malheureux Enfant ,
De cet état cruel victime infortunée :
D'un pouvoir ſi nouveau la Nature étonnée,

S'abufa la premiere, & cédant aux élans
Dont elle reſſentoit l'effort avant le temps,
Incertaine, égarée, éventoit un myſtere,
Peut-être trop obſcur pour qu'elle pût s'y plaire.
Déjà par habitude, & bientôt ſans pitié,
Dans ce complot funeſte elle fut de moitié;
Et, dans l'excès honteux de ce defordre extrême,
On la vit en ſecret s'outrager elle-même.
Ne prends pas, ô mon Fils! ces déſirs furieux
Qui devorent ton ſein, pour un bienfait des Dieux;
Cette force apparente eſt une maladie
Qui ne fait tant d'efforts qu'aux dépens de ta vie;
Ton cœur eſt le foyer où ce feu ſi brûlant
S'alimente lui-même avec ton propre ſang.

　　Tels on voit ces flambeaux jeter une lumiere
Séduiſante pour nous & pour eux meurtriere;
Si leur flamme s'agite & s'augmente avec bruit,
C'eſt le dernier éclat d'un feu qui ſe détruit.

　　Toi, qui de cet Enfant te dis par-tout le Maître,
Relâche ton humeur, trop ſévere peut-être,
Redouble ſes plaiſirs, ſur-tout ſes jeux bruyans,
Qui rempliſſoient jadis ſes plus heureux momens;
Modere ſon travail, dont l'action brûlante
Echaufferoit en lui, dans cette fievre ardente,
Un ſang qu'on voit toujours tout prêt à fermenter;
C'eſt en ces momens-là que l'on pourroit tenter
Pour ſes amuſemens une forme nouvelle:
Qu'il faſſe ſous ſes doigts frémir la chanterelle,
Ou que, charmé des ſons du luth ou du haut-bois,
Il apprenne par eux à moduler ſa voix.
Ces paſſe-temps ſi doux veulent un choix encore:
Que ſur des tons naïfs Eutherpe & Therpſicore,

Indiquant la mesure à ses pas cadencés,
N'offrent rien de choquant à ses sens offensés.
D'un pas voluptueux l'attitude lascive
Quelquefois porte à l'ame une émotion vive
Et dont l'effet toujours rapide, insinuant,
Par son attrait perfide égare innocemment ;
Qu'une musique sage, en flattant son oreille,
Rétablisse la paix dans ce cœur qui s'éveille ;
Que tout dans cet état concoure à l'arrêter.
   A chaque instant du jour il faudroit inventer
Un exercice doux qui tempérât sa flamme,
Qui fatiguât son corps, & soulageât son ame ;
   Ne va pas cependant te flatter de pouvoir
Façonner ton Eleve au gré de ton espoir ?
Son humeur, son esprit ne sont point ton ouvrage,
Et tu feras beaucoup d'en diriger l'usage.
Avant que de son sort tu te sois occupé,
Le germe qui l'anime étoit développé.
Vainement des Destins tu combats l'influence,
Tu ne pourras jamais changer que l'apparence :
C'est la plante rebelle aux loix du Jardinier,
Et que, sans beaucoup d'art, on ne sauroit plier ;
Qui même sous le joug reprenant sa structure,
Revient souvent encore à l'état de nature.
Sois donc, si tu m'en crois, content de corriger,
Sans prétendre à l'orgueil de vouloir tout changer :
En courbant les rameaux, taille l'arbre avec grace,
Mais dans ce grand effort prends garde qu'il ne casse.
   Et toi, timide Enfant, conserve ta gaîté,
Suis tous les mouvemens de ta légéreté ;
Ton âge, oui, sans doute, est celui du caprice ;
De cette triste vie effleure le calice,

Il n'eſt pas temps encor d'en goûter la liqueur,
Car elle paroîtroit trop amere à ton cœur.
Un jour viendra bientôt, où, moins digne d'envie,
Ton ſort, hélas! ſera d'en boire enfin la lie!
Il en coute ſi cher pour ceſſer d'être Enfant,
Qu'effrayé dès l'abord du malheur qui t'attend,
En rendant grace aux Dieux de ta frêle exiſtence,
Tu voudrois, pour tout bien, tenir d'eux l'innocence.

CHANT III.

CHANT III.

L'ÂGE VIRIL.

Ainsi que parmi nous un Artiste fameux
Trace de son sujet le plan ingénieux,
Dégrossit son ébauche, &, d'une main hardie,
Force un marbre indocile à recevoir la vie;
Ou, fixant sur l'airain l'image des Héros,
Enfante en leur honneur des chef-d'œuvres nouveaux;
Telle on voit, en secret, la sublime Nature,
Plus vaste en ses desseins & du succès plus sûre,
Après quelques momens d'un travail merveilleux,
Finissant tout-à-coup, montrer l'Homme à nos yeux.
  Il va donc commander l'un & l'autre hémisphere !
Mais quoi ! l'ordre est donné : plus soumise, la Terre
Aussi-tôt qu'il paroît lui présente son sein,
Et se montre déjà docile sous sa main.
A ses nouveaux désirs c'est elle qui se plie,
Qui semble, dans sa marche, attendre son génie.
  Toujours âpre & revêche, ainsi le Sauvageon
N'auroit jamais vu croître un utile bourgeon,
Si l'Homme n'eût forcé la séve nourriciere
D'imbiber les canaux d'une branche étrangere :
Il voulut que deux fruits, l'un de l'autre inconnus,
Sous un type nouveau parussent confondus;
C'est lui, qui convertit en campagnes fertiles
Des déserts effrayans & des landes stériles;

Il defsécha ces lacs & ces fangeux marais,
Et de leur eau plus pure inonda fes guérets.
La laine des agneaux fous fa main tombe encore,
Se tord fous le fufeau, s'ourdit & fe colore ;
De fes tuyaux fibreux le lin débarrafsé,
En fuivant la navette, eft proprement tifsé ;
De végétaux plus fains la terre eft parfumée,
Et la pierre, en éclats, de fes flancs exhumée,
Sur le levier fe meut, &, cédant au marteau,
Se creufe, s'arrondit, & s'aligne au niveau.
Forcée hors des canaux qui la tenoient foumife,
L'eau monte en bouillonnant, dans l'air qui la divife,
Puis, roulant en cafcade autour de cent gradins,
Rétablit la fraîcheur au fond de nos jardins.
Là, d'un fleuve étonné traverfant l'étendue,
Cette route s'éleve & refte fufpendue ;
Lui feul de cet abîme a comblé la hauteur,
Des monts qui l'arrêtoient pénétré l'épaifseur ;
Pour dire plus enfin, de l'animal fauvage
Il a conquis l'efpece & dompté le courage :
Devenu créateur, par un mélange heureux,
Des races qu'il foumit, il a plus ofé qu'eux !
La brute obéifsante a changé de ftructure,
Et d'un nouveau prodige enrichi la Nature (1).
    C'eft ainfi que ce globe, en recevant fes loix,
A vu changer fa forme une feconde fois.

---

(1) Toutes les efpeces connues fous la dénomination de mulets.
C'eft également par le croifement des races, découverte que
l'Homme doit à fes foins & à fon induftrie, qu'il a obtenu plus
de perfection & de variété dans les individus.

L'Homme, au fond de la joie où ce tableau l'entraîne,
Jette un œil plus serein sur ce vaste domaine,
Et, saisi du respect qui pénetre son cœur,
Son génie exalté contemple son Auteur :
Assis tranquillement sur le trône du Monde,
Sur l'Univers soumis sa puissance se fonde.

Eh ! lorsqu'à son répos tout semble concourir,
Déjà le malheureux brûle de conquérir :
C'est alors qu'on l'a vu, rival de son semblable,
Jusqu'au fond de son cœur plonger sa main coupable.

Mais Bellone elle-même, en rassemblant ses dards,
Fait, sous mille couleurs, flotter ses étendards,
Et souffle dans les rangs, que sa voix encourage,
L'ardeur de la conquête & la soif du carnage.
Le fer, qu'on fait instruire à mieux lancer le feu,
Des foudres des Volcans ne fera plus qu'un jeu :
Jamais du Mont Etna la fournaise fumante
N'a, sur les champs flétris, vomi cette épouvante,
Et Cybèle, jamais, voyant ouvrir ses flancs,
N'avoit autant gémi sous l'effort des Titans !
Du sang de ses enfans déformais arrosée,
Le Démon de la guerre a seché sa rosée;
Il a brûlé l'émail de ses gazons fleuris,
Et Cérès irritée, en foulant ses épis,
A fait-serment de fuir loin du sillon inculte,
Où le Soldat impie a méprisé son culte.
Eh quoi ! la Terre même est un champ trop étroit
Qu'ils sauront agrandir, tant leur rage s'accroît.
Déjà, loin de leurs monts, les forêts moins oiseuses
Font mouvoir sur les flots cent voiles orgueilleuses.
Le combat recommence, & le frêle élément,
A ces meurtres nouveaux se prêtant lâchement,

Offre un danger de plus, sans offrir plus de gloire.
L'airain tonne, & long-temps balance la victoire.
Mais la vague en courroux jette de toutes parts
Des cadavres sanglans & des membres épars;
Et, découvrant l'abîme à la nef écrasée,
Porte encore à Neptune une flotte embrâsée.

O toi! qui fais ouvrir le Temple de Janus,
Qui, la lance à la main & les bras demi-nus,
Conduis le Léopard jusque sur notre plage,
Cruel Dieu des combats! viens augmenter sa rage,
En prouvant dès ce jour, que sous son Pavillon,
La France peut encor ranger plus d'un Crillon.
Qu'il tremble en apprenant ce que peut l'Héroïsme,
Chez un Peuple échauffé par le Patriotisme (1)!
Déjà de son succès éclipsant la lueur,
Nous pouvons le punir d'un instant de bonheur,
Et chaque Citoyen armé pour le combattre,
Se dispute l'honneur de le pouvoir abattre.
Dans son Isle farouche étroitement borné,
Qu'il soit par ses Voisins à jamais enchaîné!
O Mars! protége-nous, &, dissipant l'orage
Qui gronde sur nos mers, rends le calme au rivage!

Mais sur de tels objets abaissons le rideau,
Et de nos passions esquissons le tableau;

---

(1) Le sentiment patriotique qui anime nos Concitoyens à l'instant même où nous écrivons, & dont il seroit difficile de trouver un plus bel exemple dans les annales Angloises, prouve que nous n'avons rien à envier à ces Insulaires; & que, sous tous les aspects possibles, nous sommes dignes de lutter avec cette Nation fiere, qui depuis si long-temps force ses Ennemis même à l'admirer.

Ennemis, par malheur, d'autant plus redoutables
Qu'ils cachent le danger fous des formes aimables,
Et que, pour des mortels qu'enivre le défir,
C'eft trop de craindre encor l'image du plaifir.

Hélas ! il en eft deux, que, fur-tout à cet âge,
Il combattra fouvent avec peu d'avantage :
L'Amour, des jeunes ans fatale illufion ;
Une autre, qui la fuit, la folle Ambition !

L'Amour ! le tendre Amour ! dont la bouche brûlante
Crie, au fond de nos cœurs, d'une voix fi touchante !
Non ce bouillant défir, cet inftinct violent,
Qui paroît, chez la brute, un befoin du moment,
Par qui l'être vivant communique la vie,
Et jufqu'au pampre même à l'ormeau fe marie ;
Mais ce feu créateur qui préfide à nos jours,
Et prefque fans s'éteindre en embellit le cours ;
Qui, jetant fes lueurs fur les glaces de l'âge,
A fon foyer chez l'Homme, & fait fon apanage.

Mais ici mon fujet s'agrandit devant moi ;
Quel plan vais-je tracer, quelle fera ma loi ?
D'un côté, de fes maux le récit néceffaire
Vient attrifter ma Mufe & l'invite à fe taire ;
De l'autre, de fes jeux le tableau délicat
Me fait de mon projet appréhender l'éclat.
Tout m'effraye, & je crains qu'une telle peinture
Ne foit, de toutes parts, trop loin de la Nature.

Pour le rifquer, enfin, dirai-je fes faveurs ?
Ou, dans un vers fougueux, peindrai-je fes fureurs ?
Chanterai-je l'Amour, quand Orofmane expire
Sur le corps palpitant de la tendre Zaïre,
Et d'un fang fi fidele encore tout fumant,
Veut que je pleure en lui l'Affaffin & l'Amant ?

Quand Hyppolite meurt, exilé par son pere,
Pour avoir voulu fuir les baisers de sa mere?
   Pourquoi donc, malgré moi, ces tableaux affligeans
Vont-ils si-tôt se peindre à mes regards tremblans?
Je vois frapper Raoul & périr Gabrielle,
En dévorant ce cœur qui lui fut si fidele;
Ici, brûlant d'amour, Héloïse, en pleurant,
Dans les bras d'Abailard cherche en vain son Amant;
Là, Camille expiant sa jalouse colere,
En détestant son nom, meurt de la main d'un frere.
Quel est donc ce tumulte, & d'où partent ces cris?
C'est un crime nouveau qui souille mon pays.
Du malheureux Cleon l'épouse parricide
Entraîne à l'échafaud son Amant homicide;
L'Enfer a dans leur ame allumé leurs désirs,
Au milieu des fureurs ils cherchoient des plaisirs!
Cleon tombe à leurs pieds, victime involontaire,
Et le meurtre est déjà payé par l'adultere.
   Mais à quoi sert d'offrir ces spectacles sanglans
A des yeux encor neufs, à des esprits bouillans?
Ces récits si cruels tiennent trop de la fable,
C'est là que le vrai même à peine est vraisemblable.
J'ai beau les présenter...... pour la premiere fois,
Je trouve mon Eleve indocile à ma voix.
Suspectant ma tendresse & redoutant mon zele,
L'insensé qu'il étoit, a fui d'un pas rebelle;
Des désirs inconnus l'entraînent au dehors,
Et je ne sais comment ralentir ses efforts.
   Ainsi, dans nos forêts, quand d'un air de conquête
Le Faon, d'un jeune bois, voit couronner sa tête,
Il leve un front altier, &, fier de cet éclat,
Il veut jouir des droits de son nouvel état,

Et quitte tout à coup sa biche nourriciere.
Long-temps elle le fuit dans des flots de pouffiere,
Mais la force lui manque, elle s'arrête enfin,
Et remplit l'air de cris qu'Écho répete en vain.
On la voit tous les jours, dans sa marche timide,
Du côté qu'il a fui porter un œil humide ;
Sur le fable mobile elle cherche fes pas :
Si de la chaffe, au loin, elle entend le fracas,
Oubliant fa foibleffe, & craignant peu pour elle,
Elle accourt au danger où fon amour l'appelle.
Mere trop tendre, hélas ! tes foins font fuperflus,
Puifque ton fils eft libre, il ne reviendra plus.

   Je le fuivrai pourtant ; mais, mal inftruit à feindre,
J'ai déjà preffenti tout ce que je dois craindre.
L'innocente Clariffe a, dit-on, par hafard,
Une ou deux fois fur lui jeté quelque regard.
Quand laiffant tout à coup fon air frivole & lefte ;
Son maintien, cette fois, a paru plus modefte.
Que dis-je ? il s'embarraffe, il bégaye, il rougit,
Et n'a jamais encor montré fi peu d'efprit.
Dans la confufion dont fon ame eft troublée,
Il fe croit apperçu de toute l'affemblée :
Car c'étoit au milieu de ces jeux turbulens
Où tout fe réunit pour enivrer les fens ;
Où l'oreille & les yeux, en fe laiffant féduire,
Tour à tour dans le cœur vont porter le délire ;
Où de jeunes beautés, au fon des inftrumens,
S'accordent pour former de doux enlacemens
Et déployant l'attrait d'une taille élégante,
Compofent, avec grace, une danfe brillante.
Un fallon, qu'éleva la molle Volupté,
Offroit, pour cette fête, un temple à la Gaité ;

L'or brilloit aux lambris, tandis que la peinture
Y préfentoit par-tout, mais trop bien la Nature;
La cire éblouiffante, en flocons radieux,
Faifoit, dans des criftaux, trembloter mille feux.
C'eft là qu'on entendoit cette mufique ardente,
Qui peut-être plaît tant, parce qu'elle tourmente;
Qui femble, par degrés, n'agir que fur les corps,
Et fait jufqu'à notre ame entendre fes accords.
C'eft là, fans le favoir, & que, fans méfiance,
Nos enfans éperdus cherchoient la jouiffance,
Et buvoient à longs traits cet aimable poifon,
Dont le nom feul feroit fourire la Raifon.

Peut-être, en ce moment, voudra-t-on que j'efquiffe
En deux coups de crayon le portrait de Clariffe?
Eh bien! Clariffe eft jeune, & c'eft-là fa beauté:
Son rire promet bien un peu de volupté;
Mais à peine à quinze ans, qu'exprime-t-il encore,
Moins que fes deux grands yeux que l'ébene colore?
Nouvellement paré de deux globes naiffans,
Son fein peint en fecret le trouble de fes fens,
Et dans fes mouvemens, de concert avec elle,
Eft tantôt, fous le bufc, ou timide ou rebelle:
Sa bouche, qui s'exprime avec naïveté,
Craint de faire un ferment, & dit la vérité:
Son cœur jufques ici ne s'eft point fait entendre;
Il entretient un feu qui veille fous la cendre;
Un feul inftant fuffit à fon explofion,
Et l'Amour en filence attend l'occafion.

Déjà ce ne font plus des enfans ordinaires,
Et le rayon célefte a frappé leurs paupieres.

Voyez ce feu facré, fous mille traits nouveaux,
Jaillir de toutes parts de leurs jeunes cerveaux,

Et tâchez d'obferver tout ce qu'il va produire.
Par l'effet merveilleux de ce puiffant délire ,
Sous leurs yeux fafcinés tout fe peignant en beau ,
Paroît enluminer le plus mince tableau ;
Par-tout, à chaque pas, c'eft le palais d'Armide
Qui s'offre élégamment à leur efprit avide.
L'art du Décorateur & fes rapides jeux
N'ont pas tant de preftige & ne peindroient pas mieux.
Une Fée , en fecret , préfide à ce fpectacle ,
Et toujours opérant quelque nouveau miracle ,
Leur fait voir les objets de ce monde enchanté ,
Légerement empreints de fa divinité.

Tout s'anime à leurs yeux, pour eux fe vivifie ,
Et dans ce doux tranfport même fe déifie.
Flore habite les champs , Pan regne dans les bois ,
Echo cherche Narciffe & le fuit de la voix ;
Car ce rocher plaintif , c'eft la Nymphe elle-même ,
Qui veut au voyageur dire encore qu'elle aime.
Sont-ils près de la mer , où par mille canaux ,
Les fleuves vont porter & confondre leurs eaux ;
La Naïade timide au Triton s'entrelaffe ,
Fait écumer la vague & s'y plonge avec grace ;
Dans fon vol inégal , ce joli Papillon ,
Qui , femblable à la fleur qu'emporte l'Aquilon ,
Fait vaciller l'iris de fa nacre brillante
Sur le prifme émaillé d'une aile tremblotante ,
Sera l'époux de Flore , & doit peindre à leurs yeux
Des volages Amans le Dieu capricieux ;
Tandis qu'en foupirant , la tendre Tourterelle
Sera d'un amour pur le fymbole fidele :
Leur ame enfin s'élance au devant du plaifir ,
Et , pour le mieux goûter , n'attend pas le défir.

Un des beaux jours d'Été que, voltigeant à peine,
Les fils d'Eole entre eux retenoient leur haleine,
L'air du Midi régnoit; le chevre-feuille épais
Ne voyoit plus un vent badiner ses bouquets;
Philomèle dormoit; l'eau fuyoit sans murmure;
Sous le hâle on voyoit se pencher la verdure;
Zéphyr, sans l'agiter, caressoit le bluet;
Tout, excepté l'Amour, étoit resté muet :
Clarisse, que la nuit, un nouveau feu dévore,
A travers ses rideaux n'ayant pas vu l'Aurore,
Fuyoit l'ardeur du jour, & suivoit un sentier
Que traçoient dans le bois le saule & l'églantier,
D'une eau pure en son lit la surface tranquile
Offroit à cent tableaux son miroir immobile.
Le charme de ce lieu, ce beau jour, cet air frais,
Ce mystere qui regne où regne aussi la paix,
Tout invitoit Clarisse, & bientôt cette Belle,
Non sans avoir pourtant une frayeur mortelle,
Quitte de ses habits le luxe embarrassant,
Et plonge dans la rive un corps éblouissant.
L'onde frémit au loin, se ride, se balance,
Et trouble de ses bords le trop morne silence.
Mais comme elle agitoit, dans ces limpides eaux,
Ces bras faits pour l'Amour & plus blancs que les flots,
Un bruit vient l'effrayer; elle s'élance vite,
Sans penser au danger où l'expose sa fuite,
Et qu'elle perd ainsi le seul voile qu'elle ait :
Déjà vous vous doutez d'où le bruit provenoit;
Son Amant éperdu de loin l'avoit suivie;
Elle tombe en ses bras, non pas évanouie,
Mais croyant, de frayeur, avoir perdu la voix,
Et voulant trop cacher de roses à la fois,

La pudeur, qui frémit jusqu'en son sanctuaire,
Ayant troublé du sang le cours involontaire,
A l'instant on eût vu les plus petits vaisseaux,
Sous l'albâtre allumer le feu de leurs coraux.

Ainsi, dans nos jardins, ces touffes odorantes
Font pleuvoir dans les airs leurs dépouilles brillantes,
Et du sable, un moment, relevent la blancheur.

Clarisse, ah ! ne crains pas qu'en indiscret Auteur,
J'entre dans des détails qui pourroient te déplaire,
Nous donnerons tous deux quelque chose au mystere.
Mais je raconterai que, fixant ton Amant,
Et n'osant pas lui faire un reproche sanglant,
Tu lui dis à voix basse, & presque bouche-close :
» Souviens-toi qu'aujourd'hui c'est toi qui fus la cause,
» Si, n'ayant pu trouver d'asile dans ce bois,
» J'ai peut-être rougi pour la derniere fois « !
Mais quoi ! dans leurs cerveaux la raison s'embarrasse,
Et le plaisir tout seul y trouve encor sa place.

Cependant, au milieu de ces tendres débats,
Les chevaux du Soleil ont redoublé le pas :
L'ivresse de leurs sens à leurs yeux est un songe
Qu'en vain, dans leur esprit, le souvenir prolonge ;
Le temps, qui, jusque-là, s'avançoit lentement,
Commence à regretter la perte d'un moment ;
Et déployant son aile, il va déjà plus vîte
Entraîner l'Univers avec lui dans sa fuite.

Tel l'Amant de Thétis, sur la fin d'un beau jour,
Va plonger dans la mer les feux de son amour ;
En cent anneaux bouclés, sa blonde chevelure
Effleure encore à peine & rase l'onde pure,
Qu'on le voit s'engloutir, & ses derniers faisceaux
Dorer, en s'éteignant, la surface des eaux.

Mais Clarisse a perdu cette fleur de prestige
Qu'on ne voit pas deux fois sur une même tige ;
Où l'Homme, en sa folie, attache son honneur,
Et que, sans la connoître, il cherche avec ardeur ;
Qui, sous un tact impur, d'elle-même s'effeuille,
Et s'échappe des mains de celui qui la cueille.
Eh ! pourquoi ce bouton s'est-il épanoui ?
Devroit-il se flétrir & sécher dans l'oubli ?
Seroit-ce un Talisman, dont la frêle existence
Fît sur notre bonheur régner son influence ?
Hélas ! notre repos seroit plus passager
Que celui dont jouit ce sable si léger,
Qu'en épais tourbillons le vent rendit mobile,
Et dans son vol fougueux en poussiere éparpille.

Que je crains, justes Dieux ! d'observer plus long-temps,
Dans ce flux & reflux nos malheureux Amans !
Je voudrois écarter de funestes présages ;
Cependant la douleur se peint sur leurs visages ;
Mille maux à la fois semblent les menacer.
Vers nous, dans le lointain, qui vois-je s'avancer ?
C'est, l'œil demi-couvert, la pâle Jalousie,
Que suivent la Tristesse & l'ardente Insomnie ;
Des Soupçons insultans l'essaim toujours nombreux,
A pris pour l'escorter un chemin tortueux ;
Le Mépris suit de près ; derriere on voit la Haine,
Qui, sombre & l'œil hagard, en murmurant se traîne :
L'Amour, cachant les pleurs qui mouillent ses beaux yeux,
S'élance d'un coup d'aile à la voûte des Cieux,
Et des Jeux avec lui la cohorte éphémere
S'envole en ne laissant qu'une vapeur légere.

Ainsi jusqu'aux plaisirs ont été mis exprès
Dans les mains des Mortels, comme de vils hochets

Dont pendant quelques jours s'amuse leur enfance.
Heureux ! encore heureux ! au sein de leur démence,
Quand le fort brusquement agite ses grelots,
Et de ce son magique enivre leurs cerveaux !
    Enfin, qu'arrive-t-il ? La froide indifférence
Succede dans le cœur à cette violence ;
Un vide affreux l'annonce, & fait régner d'abord
Dans un morne sommeil le calme de la mort.
Notre ame, que fatigue une telle secousse,
Dégénere bientôt, se flétrit & s'émousse ;
Dès-lors, plus d'énergie & d'élévation,
Plus de ce feu sacré, d'où naît la passion ;
Le cœur s'use, & jamais ne renaît de sa cendre.
    Mais quel cri dans mon cœur vient de se faire entendre ?
Quel est ce criminel dont les membres sanglans
S'agitent déchirés sous la dent des serpens ?
Quels font donc ses forfaits ? Ah ! malheureux Oreste !
Que je plains tes douleurs ! mais Pilade te reste ;
Il te tient tendrement pressé contre son cœur,
Et tous deux y trouvez encor quelque douceur.
    Qui ne reconnoîtroit, en ce moment funeste,
A ces soins généreux, un sentiment céleste ?
L'Amitié, ce bienfait que nous tenons des Cieux,
Et qui seul eût suffi pour faire aimer les Dieux !
C'est elle dont l'attrait bien souvent nous console
Des chagrins que l'Amour traîne après son idole,
Et dont l'effet plus doux, plus délicat, plus pur,
Vient à notre secours dans un âge plus mûr.
    Qu'il faut plaindre, grands Dieux ! le Mortel solitaire
Qui ne compteroit pas un Ami sur la terre,
Ou qui verroit fermer les yeux de cet Ami !
Son ame semble fuir, & tout est mort pour lui.

Il eſt ſi foible, hélas! ſi mobile en ſa ſphere,
Que peut-être, perdant ce lien néceſſaire,
Sa vertu, par degrés, pourra l'abandonner.
Ces rares qualités qu'il a ſu ſe donner,
D'abord à des défauts pourront céder la place,
Et dans peu, tout à fait, auront changé de face.
   Cependant l'Homme un jour ſaura mettre à profit
Tous ces vices honteux qu'en ſon ſein il nourrit.
   Ainſi, dans nos jardins, la plus vile matiere
Sous nos yeux ſe transforme en plante nourriciere.
   Suivez-le; par ſes ſoins tout change & s'embellit,
Et de tous ſes défauts la teinte s'affoiblit.
La perfidie a pris le maſque de l'adreſſe;
La ruſe, c'eſt de l'art; la fauſſeté, fineſſe;
La ſoif de l'or n'eſt plus que de l'ambition;
La jalouſie enfin, de l'émulation (1).
Ainſi, ſous ces faux noms, celui qui le déguiſe,
Craint le vice, & bientôt avec lui s'humaniſe.
S'agit-il d'obtenir quelque poſte éminent:
Le plus ſimple de tous devient un intrigant.
   Hélas! malheur à qui, cherchant ſon miniſtere,
Veut un jour éprouver quel eſt ſon ſavoir faire!

------

(1) Ces quatre Vers rappelleront peut-être ceux, beaucoup
meilleurs, de la Satire de l'Équivoque; mais ils tenoient trop
immédiatement à mon ſujet, pour qu'il me fût aiſé d'en faire
le ſacrifice. Si quelque autre par la ſuite traite la même matiere,
il faudra bien qu'il y retombe encore. Tel eſt le ſort de tous
ceux qui ne parlent pas les premiers ſur un même objet, qu'ils
ne font que répéter d'une maniere plus foible ce qu'on a dit avant
eux. Il n'appartenoit qu'à Boileau de s'approprier réellement, à
force d'art, les idées qu'il puiſoit quelquefois chez les Anciens.

C'eſt là , dans un comptoir ouvert à l'opulent,
Qu'au lieu d'un Homme en place on trouve un Commerçant;
Que ſous ſes viles mains tout devient marchandiſe,
Et qu'on paye un ſervice en raiſon qu'on le priſe.
Là , le Solliciteur n'arrivé qu'en offrant
Ce que pour l'écouter l'autre a donné d'argent.

    Mais quoi! me direz-vous, eſt-ce ainſi que nous ſommes?
Ce portrait ſeroit-il celui de tous les Hommes ?
Non pas, je le ſais bien , témoin le Suppliant,
Qui dans une antichambre attend en ſoupirant;
Et même, à ſon égard, je n'oſerois vous dire
Que cette attente-là fût ſon plus grand martyre!
Peut-être dans ſon cœur, malgré ce front baiſſé,
Celui qu'il ſollicite eſt par lui déplacé.
Ceux-là , plus tourmentés dans leur triſte manie,
Sans jamais parvenir, ſechent de jalouſie;
Tout ſuccès étranger vient renverſer leurs plans
Et le bonheur d'autrui n'a lieu qu'à leurs dépens.
Il en eſt quelques-uns , & c'eſt le petit nombre,
Qui vivent ſans deſirs & végetent dans l'ombre;
S'ils ne ſont pas toujours dès êtres vertueux,
Leur mérite eſt au moins d'être peu dangereux.

    L'on pourra voir enfin quelques hommes ſublimes,
De leurs trop grands ſuccès généreuſes victimes,
Qui, forçant au reſpect la frêle opinion,
Ont jeté de l'éclat ſur leur condition;
Et qui par leurs talens, chers à toutes les claſſes ,
Meurent ſacrifiés à des intrigues baſſes ;
Ou c'eſt pour eux trop tard qu'un jour on voit le temps
Ramener dans ſon cours la Juſtice à pas lents.

    Ainſi l'Auteur de Phédre a vu la pâle Envie
Exciter ſes ſerpens ſur la Scene aſſaillie;

Le Tartuffe à genoux, faintement en fureur,
De fes devotes mains déchira fon Auteur,
Et pour le bon exemple & le falut des ames,
Tout charitablement le condamnoit aux flammes.

La Haine ne peut pas, en fon obfcurité,
Pardonner au talent un éclat mérité :
C'eft elle qui fe mêle à la foule importune,
Qui de fes flots preffés embraffe la tribune
Où Gerbier fait entendre & triompher les Loix;
En vain fon éloquence a fubjugué nos voix,
Elle eft dans la Grand-Chambre, &, la bouche béante,
Semble émue un inftant par cet ame brûlante :
Mais comme ces accens n'entrent point dans fon cœur,
L'infenfible tout bas s'en prend à l'Orateur.

Eh! qu'importe au furplus à ces hommes fi rares,
Ce que penfe la Haine & fes rêves bizarres?
D'eux-mêmes fatisfaits, ils portent au tombeau,
Dans le fond de leur cœur, un triomphe affez beau :
Leur nom chez les Humains révérés d'âge en âge,
Échappant à l'oubli, fur le vide furnage;
Et, loin de fuccomber aux outrages du temps,
Leur luftre augmente encor fous la lime des ans.

C'eft ainfi que l'on voit, dans Rome & dans la Grèce,
Ces prodiges fameux de génie & d'adreffe,
Purement confervés, devenir un objet
De furprife pour nous, de culte & de refpect.

CHANT IV.

CHANT IV.

LA VIEILLESSE.

OÙ suis-je ? & qu'ai-je fait ? soutenez-moi, grands Dieux !
Quoi ! déjà mes beaux jours s'éclipsent à mes yeux ?
Déjà, je m'apperçois, à ma marche affoiblie,
Qu'hélas ! j'ai parcouru le cercle de la vie !
Prêt à subir des temps la rigoureuse loi,
L'Univers attristé croule & fuit devant moi.
A peine j'ai décrit les douceurs de l'Automne,
Qu'un Hiver effrayant me glace & m'environne.
   Oui, tout me quitte ; en vain j'interroge mes sens ;
Ils m'enveloppent tous, aucuns ne sont présens :
Je vois mal, j'entends peu, je sens que je chancelle ;
Ma mémoire troublée & souvent infidelle,
M'efface les objets, & n'offre à mon cerveau
Qu'une toile sans cadre, & jamais le tableau.
Tout me paroît égal, monotone, insipide ;
Mon esprit est trop lâche, & ma tête trop vide ;
Où la Nymphe habitoit je ne vois que de l'eau ;
Zéphyr n'est que du vent, Progné n'est qu'un oiseau.
Si des bois Philomele a rompu le silence,
Cette voix m'étourdit, son triomphe m'offense.
Objet de ridicule & souvent de frayeur,
Ma présence déplaît, & devient un malheur !
   C'est ainsi que l'on voit sur ces tombeaux antiques
S'élever, sans aplomb, des figures gothiques.

* D

Si le Paffant, furpris, leur porte du refpect,
C'eft plutôt par l'effroi que caufe leur afpect.
On fuit, on craint leur chute, y toucher eft un crime;
Mais on redoute plus d'être encor leur victime.

  Oubliés de l'Amour, & froids pour l'Amitié,
Les Vieillards font heureux d'infpirer la pitié;
Un vide affreux fuccede au fracas de leur vie.
Tout les fâche, les gêne, & la mifanthropie
Les fuit & les affiege en ce vafte défert;
Pour les defefperer tout femble de concert;
Et c'eft quand tout le monde à la fois les délaiffe,
Que la foule des maux accable leur foibleffe.

  Volez donc à ce but avec rapidité,
De chimere en chimere, allez, venez, flottez,
O vous! qui, pleins d'ardeur, parcourez la carriere!
A peine votre efprit a franchi la barriere,
Qu'affife mollement fur un nuage d'or,
L'Efpérance vous rit, & guide cet effor.
Bercé par le Défir, long-temps l'Homme étudie,
De ce mouvant tableau la fcène qui varie.
Qu'a-t-il vu? Rien, hélas! que l'ombre du bonheur
Dont il a pourfuivi la flottante vapeur;
Et pourtant quelquefois, après l'avoir connue,
Cette ombre qui le flatte attire encor fa vue.

  L'Homme ne fait que vivre, & ne fait pas jouir;
Et s'il vit par l'efpoir, il meurt par le défir.
Cependant le bonheur eft moins dans l'exiftence,
Que dans l'art d'en favoir goûter la jouiffance:
Car ces Dieux de la Fable, autrefois fi fameux,
Etoient tous immortels, & n'étoient pas heureux!
On les voyoit au Ciel tenter mille entreprifes,
Et, tout Dieux qu'ils étoient, payer cher leurs fottifes.

Mais que dire d'un être à qui tout eſt fâcheux,
Pour qui le moindre choc me paroît dangereux;
Que le plaiſir fatigue & que le chagrin tue;
Qu'une trop grande joie aſſaſſine à ma vue,
Et qui, trop éclairé ſur ſon fatal deſtin,
Sait la veille par cœur les maux du lendemain?

Tel on voit le coupable, aux pieds de la Juſtice,
Attendre en frémiſſant l'heure de ſon ſupplice.

Eh! quel don plus fatal! que ce triſte ſavoir
Qui nous donne en effet les maux qu'il fait prévoir;
Qui joint au mal préſent, qui déjà nous arrive,
De ceux que nous craignons, l'affreuſe perſpective,
Et dans ma foible tête, où je vais les compter,
Vingt fois dans ce miroir pourra les répéter!

Qu'attend là ce Guerrier dont le regard auſtere
Semble encore à regret s'incliner vers la terre?
Ce bras qui combattit tant de dignes Héros,
Débile, inanimé, languit dans le repos;
Sa tête demi-chauve & par les ans blanchie,
Semblable à cette fleur que la neige a flétrie,
Inſpire le reſpect, mais non pas la terreur.
Tout ce qu'il a d'auguſte, il le doit à l'honneur.
Sans éclat, ſans bravoure, à ſon tour il ſuccombe,
Et, conduit par les ans triſtement vers ſa tombe,
Son plus grand déſeſpoir eſt de mourir ſans bruit,
Et d'attendre le coup ſans audace & ſans fruit!

Là, ce ſpectre en pompons, qui m'offre la Vieilleſſe,
Se donnant gauchement des airs de gentilleſſe,
Eh bien! le croirez-vous? c'eſt la ſotte Fatmé,
Que, ſans ſavoir pourquoi, je conviens que j'aimai;
Dès long-temps, des Amours la troupe paſſagere
A fui, dans ſon effroi, cette antique Bergere:

Elle eut cinquante Amans, & n'a pas un Ami;
Pas un seul qui voulût, sans se croire avili,
Réclamer hautement la place trop égale
Qu'ils occupoient entre eux dans cette ame banale.
　　Mais non, tournez les yeux sur ce grouppe d'Enfans
Que mouillent de baisers leurs antiques Mamans;
Et suivez cette troupe, où, marchant à la tête,
Les Vieillards sembleroient les Héros de la fête.
　　Sur un dur violon bravant le chevalet,
Michaux à tour de bras fausse un air de ballet;
Les Hommes sont joyeux, les Femmes se redressent;
Et sur leurs pas tardifs les deux Epoux se pressent:
Leurs yeux disent assez le secret de leurs cœurs;
Quelque bouquet champêtre, un ruban sans couleurs,
Relevent des habits l'ajustement modeste.
　　Mais sous un bois touffu le garçon le plus leste
A déjà fait, d'un mot, ranger les Spectateurs,
On s'attroupe, on s'embrasse, on place les Acteurs,
Et, tout en gambadant, la bouillante Jeunesse
Cede pourtant le pas à la lente Vieillesse.
Grégoire & sa Bobi commandent à Michaux
De monter promptement sur deux mauvais treteaux,
Et d'un ancien menuet, pour commencer la danse,
Vont manquer la figure, en gardant la cadence.
Cependant on s'échauffe, on chante, on rit, on boit,
Et Michaux va toujours, ou du moins il le croit.
Grégoire, en trébuchant, veut embrasser sa Femme,
Et pour elle imagine être encor tout de flamme:
Moins d'amour que de vin, le bon-Homme aux abois,
S'est peut-être enivré pour la derniere fois;
Il vante sa jeunesse, &, voyant qu'on l'admire,
Dans ses récits gascons place le mot pour rire.

Bientôt, à la faveur du cercle qui groſſit,
Notre Couple amoureux ſe retire à bas bruit.
Alors un cri de joie a rempli l'auditoire,
Qui, laiſſant le conteur au plus beau de l'hiſtoire,
Va porter ſur leur fuite un œil trop curieux.
Les Vieillards, reſtés ſeuls, s'attendriſſent entre eux ;
Leur ame qui s'échappe eſt tendrement émue
Aux ſouvenirs touchans qu'excite cette vue,
Et ſemble réveiller un dernier ſentiment.
La mémoire avertie à ce doux mouvement,
Déployant ſes tableaux dans leur tête affoiblie,
Fait paſſer ſous leurs yeux le roman de leur vie.
L'image des plaiſirs, la peinture des maux,
Sous autant de couleurs, s'offrent à leurs cerveaux.
Et parmi les objets que ces pinceaux retracent,
Les maux, plus éloignés, dans les ombres s'effacent.

  Ainſi le Voyageur, inſtruit & ſatisfait,
Rentre dans ſes foyers après un long trajet ;
Et quoique conſumé par la fatigue & l'âge,
De tout ce qu'il a vu le récit le ſoulage.

  La Nature, bizarre en ſes moindres faveurs,
De l'Homme & de la Femme a varié les mœurs ;
On la voit careſſer la Femme en ſa jeuneſſe,
Et chérir plus long-temps l'Homme dans ſa vieilleſſe.

  La Femme, deſtinée à l'éclat du moment,
N'habite l'Univers que pour ſon ornement ;
Tout ce que l'Amour même a raſſemblé de grace,
Semble être fait pour elle, & chez elle eut ſa place :
Mais ſon regne eſt trop court, c'eſt la fleur du matin
Et qu'après une aurore on chercheroit en vain.
Elle achete trop cher, par notre indifférence,
La vanité qu'elle eut pendant ſa jouiſſance !

D iij

Ses plaiſirs ſont comptés, & la douleur l'attend.
A peine a-t-elle vu de ſon char éclatant
S'écouler la moitié de ſa prompte carriere,
Que ſes graces ont fui comme une ombre éphémere.
Par degré chaque jour on la voit ſe flétrir,
Et, l'horloge à la main, le Temps vient l'avertir
Que l'heure va frapper, où, ſortant de ſa ſphere,
Elle doit renoncer à l'orgueil d'être mere.

　　Cependant en ces lieux, où la légéreté
Dans nos eſprits ardens entretient la gaîté,
Le rire, qui nous ſied juſque dans la vieilleſſe,
Sur nos levres long-temps ramene la jeuneſſe.

　　Mais qu'elle eſt cette Femme, au port majeſtueux,
Qui de nos jeunes gens a fixé tous les yeux;
Le Temps auroit-il craint de lui faire un outrage?
Quoi! depuis ſoixante ans toujours tendre & volage!
Suivons encor ſes pas, c'eſt la belle Ninon!
Qui, vive en ſon printemps, aimoit avec raiſon,
Et juſqu'en ſon hiver raiſonnoit ſes folies;
Qui ſachant allier à ſes galanteries
Un bon ton, un goût ſûr, & l'art le plus heureux,
Faiſoit de ſon boudoir un Lycée amoureux.
Galante ſans baſſeſſe & ſans coquetterie,
Juſque dans ſes plaiſirs, ſage ſans pruderie,
Elle regne en des lieux, où, brûlant leur encens,
Ses amis à ſes pieds ſemblent autant d'Amans.

　　Mais de la Volupté la tendre Souveraine
Peut-être à mon Pays gardoit ce phénomene.

　　L'Hiver a ſes beaux jours, ainſi que le Printemps,
Et dans cet âge même il eſt d'heureux inſtans.
J'aime à voir, je l'avoue, un Vieillard, au front ſage,
Qui de ſon jugement ſait faire un noble uſage,

Qui par les ans mûri, mais fans être pédant,
A de l'expérience & point d'entêtement ;
Qui daignant regarder avec un air tranquille,
Des Mortels ici bas le bonheur fi fragile,
Pardonne à la Jeuneffe un peu de volupté,
En faveur du plaifir que fon cœur a goûté.
Philémon, le premier, doit avoir mon hommage,
Sa Baucis m'attendrit, des Dieux ils font l'image!
Mais combien en eft-il ? Qui voudroit reffembler
Même au choix le meilleur qu'on pourroit raffembler?
Ils font, pour la plupart, fous cette ombre de vie,
Comme ce faule vert qui bordoit la prairie ;
Son bois fec & blanchi, de rides fillonné,
D'un feuillage encor frais paroiffoit couronné ;
Mais fa tige creufée avoit perdu fa force,
Et ne pouvoit porter fa féve qu'à l'écorce.
Son vieux tronc, jufqu'ici refpecté par les ans,
A cédé, cet hiver, fous l'effort des Autans.

Le tableau de la vie eft l'image fragile
D'un Fleuve qui ferpente, ou d'un cercle mobile,
Qui doit fe réunir par chaque extrémité ;
Chaque bout eft pareil d'un & d'autre côté.
Entraînés dans fa marche, une feconde enfance
Vient terminer nos jours qu'un même fort commence ;
C'eft le point où le cercle eft prêt à fe fermer,
L'efpace où pour jamais l'Homme va s'abîmer.

Le jour ainfi lui-même autour de nous circule ;
On le voit précédé d'un léger crépufcule
Qui tapiffe les airs ; mais dès que le jour fuit,
Déjà ce voile obfcur nous annonce la nuit.

Nous voyons les Vieillards, par cette fympathie,
Accueillir les Enfans, chercher leur compagnie :

D iv

Leur état incertain, à ces êtres lié,
Par un semblable état n'est point humilié :
Ceux-ci, prêts à courir les dangers du passage,
Semblent les attendrir sans leur causer d'ombrage ;
Ils font presque les seuls, que, sans les offenser,
Dans leur froide tendresse ils osent caresser,
Et le plaisir qu'ils ont à dominer l'enfance,
Leur donne, par momens, un reste d'importance.

Il n'en est pas de même avec les jeunes gens ;
Ils les trouvent trop fiers & trop indépendans.
Rarement pourront-ils les voir sans jalousie
Jouir des agrémens que présente la vie ;
Ils traitent avec eux avec trop de hauteur,
Et le meilleur conseil est gâté par l'aigreur.

Aussi, toujours grondant, la fâcheuse Vieillesse
Épouvante de loin & fait fuir la Jeunesse ;
D'étourdis passereaux l'essaim effarouché
Fuiroit moins du hibou l'œil sinistre & fâché ;
Chacun de son côté se dérobe à sa vue,
Quand il est arrivé, la troupe est disparue.

Vous les voyez toujours, à nous suivre entêtés,
Nous surcharger du poids de leurs infirmités ;
Pour excuser un air indifférent & lâche,
Répéter gravement qu'ils ont rempli leur tâche,
Et donnant pour exemple un siecle trop vanté,
Nous faire mieux sentir leur inutilité.

Cet amour du passé, qui fait leur jouissance,
Ne laisse pas chez eux naître l'indifférence ;
La Mort les surprend tous, formant quelque projet
Dont un long avenir sera souvent l'objet.
Comme ils ignorent l'art d'employer leurs richesses,
Ils entassent dans l'ombre especes sur especes ;

Pour en doubler la maſſe ils feront maint effort
Et n'exiſteront plus que dans leur coffre-fort.
De cet or immobile ils ont fait leur idole :
L'un croit, en y touchant, que lui-même il ſe vole;
L'autre, couvrant de l'œil ce tréſor reſpecté,
Sans ceſſe affamé d'or, vit dans la pauvreté;
On le voit toujours prêt à ſouffrir l'indigence,
Pourvu que de ſa caiſſe il cache l'abondance;
Et ce vice, éloignant tout ſecours de ſa main,
Lui prépare à grands frais un trépas inhumain.

Mais rien n'égalera la ſordide manie
De celui qu'un bouillon devoit rendre à la vie,
Qui, dit-on, aima mieux mourir, que d'acheter
Par un prix auſſi cher, le plaiſir d'exiſter.

Sans doute il fut un temps où l'Homme ſur la terre,
Sortant preſque des mains du Maître du tonnerre,
Poſſédoit ſans mélange & dans le fond du cœur,
Un rayon de ce feu digne de ſon Auteur.
La profonde vertu que donnoit un grand âge,
Bien ſouvent d'un Vieillard pouvoit former un Sage:
C'eſt alors qu'on a vu ces Hommes demi-Dieux,
De leur conduite auſtere étonner tous les yeux;
Au foible, à l'innocent offrir de ſaints refuges,
Et des premiers débats être les premiers Juges.

C'eſt alors qu'un Licurgue, ardent Légiſlateur,
D'un Peuple généreux préparoit le bonheur,
Et qu'ayant, dans le cours d'une pénible vie,
Au grand œuvre des Loix conſacré ſon génie,
Cet Homme courageux, prévoyant tout le tort
Que feroit à ſon nom la preuve de ſa mort,
Comme un feu paſſager fuit dans l'ombre légere,
Pour jamais éclipſé, diſparut de la terre.

Mais l'Homme, en s'écartant de ce foyer divin,
Prit toujours, par degrés, quelque chose d'humain.
Chez lui tout a changé, pour faire une autre espece;
Si même de nos jours la débile Vieillesse
Peut quelquefois encore attirer nos regards,
Ce sera, croyez-moi, par ses fâcheux écarts.
Ses succès peu fréquens nous prouvent d'ordinaire
Qu'en elle avec le temps tout s'use & dégénere.

Telle, dans nos jardins, la plus belle des fleurs
Doit perdre en vieillissant, ses plus riches couleurs;
Sa teinte se dégrade & pâlit à mesure
Que l'Homme indifférent néglige sa culture;
Un jour la fleur s'efface, & son fruit peu fêté
Ne peut en retracer l'odeur ni la beauté.

Enfin nous approchons de ce moment terrible,
Que, depuis leur naissance, une Parque inflexible
Prépare sans relâche aux malheureux Humains.
Elle seule peut voir au livre des Destins
De leur fatal arrêt le sanglant caractere,
Et son bras, agitant le ciseau funéraire,
Toujours prêt à remplir ce rigoureux emploi,
Obéit à toute heure à cette triste loi.

Le choix, quoi qu'il en soit, n'est pas en sa puissance;
On la voit sans pitié meme immoler l'Enfance,
Frapper le plus beau fruit ou dessécher sa fleur.

Dans les champs de Cérès, ainsi le Moissonneur
Voit indifféremment tomber sous sa faucille
Les bluets élancés dont le chaume fourmille;
Tous ces jolis bouquets, comme autant de pompons
Que dans leurs pailles d'or balancent nos moissons,
Déchirés par le fer, tombent avec les herbes,
Et se fanent bientôt étouffés sous les gerbes.

La Nature, l'Amour, ni même l'Amitié
N'ont pu de la Déeffe exciter la pitié.
Ici, c'eft tout à coup que fa main fanguinaire
Fera tomber l'Enfant dans les bras de fa Mere ;
Non moins atroce ailleurs, mais y mettant plus d'art,
On la voit lentement enfoncer le poignard,
Et comme par degrés, guidant fa main traîtreffe,
Frapper de mille morts l'Amant ou la Maîtreffe ;
Jamais barbare, enfin, ni cruelle à demi,
Déchirer l'ami-même au fein de fon ami.
Quelques-uns, plus heureux, ont le trifte avantage
De finir doucement, fans éprouver fa rage :
Sans force fenfitive, & morts dès leur vivant,
Ils avoient déjà fait un pas vers le néant,
Et verront fans douleur, fans autre maladie,
S'éteindre, en pâliffant, le flambeau de leur vie.
Chez d'autres, la raifon, dans un fâcheux fommeil,
S'affoupit froidement fans efpoir de réveil.
Leur exiftence, enfin, toute végétative,
Dédaignant de fes feux la lueur fugitive,
Ils femblent vivre moins, qu'oublier de mourir.
   Pour implorer Caron, qu'ils penfent attendrir,
De même on voit errer fur le fatal rivage
Les manes qui n'ont pu lui payer leur paffage.
   On va chercher trop tard, dans les climats brûlans
Qu'habite le Soleil, ces végétaux ardens
Que fon feu le plus pur mûrit loin de nos terres :
Que pourront faire ici leurs vertus falutaires ?
Le remede fougueux tombe avec trop d'effort
Sur un corps énervé qui manque de reffort ;
L'effet en eft trop rude, & c'eft un coup de foudre
Qui fape la machine & la réduit en poudre.

Mais un calme effrayant, qui me glace d'abord,
M'avertit que je fuis dans l'antre de la Mort.
En fuyant loin de moi, les vaines efpérances
Sous un jour trop certain rapprochent les diftances,
Et dans ce cercle étroit où l'Homme va finir,
Il femble qu'avec lui j'entre dans l'avenir.
A chaque pas, mon fang, en perdant de fa flamme,
S'échappe vers mon cœur avec toute mon ame.
Juftes Dieux! quel fpectacle! eft-ce un être vivant,
Ou plutôt de la Mort le fantôme mouvant?
En vain je veux chercher, aux formes du vifage,
D'un portrait effacé la fugitive image,
C'eft d'un trifte tableau l'efquiffe fans couleur,
Qui pourtant m'offre encor les traits de la candeur.
Lui feul fur fon état conferve un œil tranquille;
Son ame qui s'enfuit, prête à changer d'afile,
Sur fes levres déjà femble errer librement,
Et comme un feu facré s'exhale doucement.
Eh quoi! pouvons-nous craindre auprès du lit d'un Sage,
Que des fpectres fanglans s'offrent à fon paffage?
Non, non, ne penfez pas, lorfqu'il meurt vertueux,
Qu'aucune Ombre ennemie épouvante fes yeux.

Mais foulevant fon corps & fa tête affaiffée,
Les mufcles font mouvoir fa poitrine oppreffée;
On croit qu'il va parler, fa voix n'obéit pas;
Avec douleur encore il veut tendre les bras
A fa femme vers qui femble voler fon ame......
Mais la Parque inhumaine en dévore la flamme,
Et l'on voit retomber fur ce lit de douleur
Un cadavre pefant, fans vie & fans chaleur.

Tel, au fein des forêts, fous une hache impie,
L'arbre de Jupiter long-temps réfifte & plie;

Mais fi l'on voit frémir fon front religieux ;
Il tombe, & fur le fable étend fon tronc poudreux.
   Ainfi, dès cet inftant quitte envers la Nature,
Il vient de fe foumettre à fa loi la plus dure,
Et de lui rendre enfin ce qu'il en a reçu.
   Encor ! fi le génie, ou la fimple vertu,
Plus heureux, évitoient fes arrêts homicides ;
Si la Terre jamais n'eût, dans fes flancs avides ,
Englouti fous nos yeux que des monftres pervers ,
Et d'un fardeau fi vil affranchi l'Univers !
Mais par-tout avec eux , malheureux que nous fommes,
Nous foulons fans refpect la cendre des Grands Hommes !
L'innocent, l'affaffin, tour à tour abattus,
Dans ce vafte fépulcre ont été confondus :
Car n'imaginez pas qu'à nos yeux elle expofe
Que c'eft là qu'un Héros ou qu'un Sage repofe ;
Elle ne les réclame avec avidité,
Que pour mieux nous offrir toute fa nudité.
   En effet, a-t-on vu les races défolées
Leur élever à tous d'auguftes maufolées ?
Non, c'eft au vice heureux que des marbres menteurs
Décernent lâchement ces ferviles honneurs.
Ces colonnes, ce bronze & ces litres funebres,
Dont l'Art croit embellir un féjour de ténebres,
Ecrafent trop fouvent de leurs poids orgueilleux ,
Des hommes les moins purs les cadavres affreux.
   On ne voit pas toujours la main d'un Praxitele
Placer fur fes tombeaux Turenne pour modele.
Dans les contours poudreux du Temple fépulcral
Où Defcartes fommeille à côté de Pafcal (1),

---

(1) Defcartes eft enterré à Sainte-Génevieve, & Pafcal à Saint-
Étienne-du-Mont, deux églifes qui fe touchent. S'il a jamais été

Voit-on ces noms fameux creufés dans le porphyre ?
Non. Leur froide épitaphe à peine s'y fait lire ;
La Fontaine, couvert d'un cilice de crin,
Sans pompe & fans fracas nargue l'efprit malin ;
Vous ne trouveriez plus la pierre folitaire
Qui couvrit Defpréaux & Racine & Moliere (1).
J'ai voulu maintes fois, d'un regard curieux,
Découvrir le fillon qui les cache à nos yeux ;
Hélas ! j'ai vu ramper quelques plantes humides
Par-tout où je voudrois d'immenfes pyramides !
    Quoi ! n'imiterons-nous les Peuples étrangers
Que par le ridicule ou par des traits légers ?
Au tombeau de Garrick j'aime à voir l'Angleterre
Donner un grand exemple à notre Europe entiere,
Et qu'elle ne diftingue, en perdant cet Acteur,
Que d'un talent fi beau la fublime hauteur.
Que ces Romains, toujours faits pour les grandes chofes,
Etoient ingénieux dans leurs apothéofes !
L'Homme difparoiffoit dans ces bûchers ardens,
Et, porté jufqu'au Ciel par leurs feux ondoyans,

---

permis de trouver l'ancienne églife de Sainte Génevieve défagréable
& fon afpect hideux, c'eft fur-tout depuis que l'œil s'eft habitué
à contempler la fuperbe Bafilique qui s'éleve aujourd'hui : monument que nous devons à la munificence de nos Rois, & au progrès
des Arts qu'ils protégent.

(1) Nous devons dire cependant à la gloire du Prince qui nous
gouverne, que fi le fiécle de Louis XIV a produit des Hommes
célébres en tout genre, il étoit réfervé à celui de Louis XVI de
venger leur mémoire, jufqu'à préfent trop négligée. On n'oubliera
jamais qu'au milieu des troubles de la guerre & des dépenfes
qu'elle entraîne, le cifeau des *Pajou*, des *Gois*, des *Houdon*,
des *Caffieri*, a rendu enfin à ces grands Hommes le culte qui
leur étoit dû.

Sembloit abandonner une terre trop vile.

Mais je vous oubliois, ô Bois d'Ermenonville!
Lieux pleins de volupté, ranimez mes pinceaux,
Venez, par vos afpects, raffraîchir mes tableaux
Qu'attriftent, malgré moi, ces Chants & ma fatigue.

C'eft toi, fier Ennemi du Luxe & de l'Intrigue,
Du Siecle & de fes mœurs Frondeur impetueux,
Dont la cendre modefte inftruira nos neveux.
Déjà ton ombre auftere habite un Elyfée,
Où, prefque fous tes pas, ta tombe s'eft creufée.
Sous cet ombrage frais où l'efprit croit te voir,
Rien ne déchire l'ame, & tout vient l'émouvoir;
Un jour myftérieux traverfe le feuillage
Dont le friffonnement vous tourmente au paffage;
Pour attrifter les yeux par de fombres apprêts,
L'on n'y voit point le crêpe entourer le cyprès,
Ni, fur un fol égal, le charme ou l'orme antique
Deffiner en verdure un élégant portique,
Et fideles aux loix de Souflot & Manfard,
Briller du faux éclat de ce genre bâtard.
Du chêne tortueux, le feuillage indocile,
Sous fes rameaux épars étend une ombre utile;
Le peuplier s'éleve, & fa feuille, en tremblant,
Offre à l'œil tour à tour fon vert mat & luifant.
Les branches des tilleuls, qui s'enlacent entre elles,
Forment dans leurs maffifs cent voûtes naturelles,
D'où, par mille replis, les lierres vagabonds,
Jufque fur le Paffant font pendre leurs feftons.
Cherchez loin des tombeaux les préfens de Pomone,
Et la Tulipe altiere, & la riche Anémone;
Mais ici l'Aube-épine, en fes fimples appas,
Et le Rofier fauvage arrêteront vos pas.

Plus fombre en fes couleurs, la timide Penfée
S'incline triftement fur fa tige affaiffee,
Et fuyant le grand jour qui pourroit la flétrir,
Dans ces bois avec vous paroît fe recueillir.

C'eft là que loin de nous, de nos cités profanes,
Tu trouvas le repos qui doit plaire à tes manes.
Dans ces beaux lieux où l'Art a le cœur pour objet,
Tout eft fatisfaifant, tout attache & tout plaît ;
Et jufque dans cette ifle où la foule s'élance,
Où la Nature aux yeux parle dans fon filence,
Elle femble nous dire en fon modefte deuil,
Que l'air même s'épure autour de ton cercueil.

Ce monument jamais n'eft refté folitaire :
L'un croit, en y touchant, en échauffer la pierre ;
Un autre, au point du jour, le couvrira de fleurs,
Que l'aurore avec lui mouillera de fes pleurs ;
Plus tendre & moins diftrait, jufqu'à l'Enfant timide
Y vient, en chancelant, porter fa levre humide,
Et prenant les dehors d'un maintien non fufpect,
Pour la premiere fois annonce du refpect.
Enfin, on y verra peut-être quelques Meres
Effayer d'y graver en groffiers caracteres,
Cet Eloge affez grand pour un Homme de bien :
» Dans un fommeil de paix, ci-gît un Citoyen «.

F I N.

POST-SCRIPTUM.

J'AVOIS eu quelque deſſein de ne faire paroître cet Ouvrage qu'au commencement de l'hiver (quoique déjà imprimé); mais une circonſtance m'engage à changer de plan.

M. l'Abbé Delille vient de publier ſon *Poëme des Jardins;* ſujet ſans doute bien différent du mien : cependant on pourra remarquer que dans deux ou trois endroits, je me ſuis légérement rencontré avec cet Auteur plein de mérite. J'ai donc imaginé que ſi j'attendois plus long-temps, les perſonnes qui ignorent que ces deux Ouvrages n'ont, malheureuſement, jamais eu rien de commun entre eux que le haſard d'avoir vu le jour dans le même inſtant, ſeroient convaincues que l'un a pu donner naiſſance à l'autre. D'autres enfin, m'ayant vu ſuivre de loin le Moiſſonneur, penſeroient même que j'aurois bien pu prendre mon temps pour dérober quelques épis. Cela me chagrineroit d'autant plus, que, ne pouvant, à mon égard, rien perdre impunément, je craindrois que l'on n'eût bientôt ruiné l'un des Propriétaires, ſans enrichir l'autre.

J'avouerai, d'un autre côté, qu'il m'étoit difficile de prendre plus mal mon temps pour paroître; car il ne faut pas penſer à lutter avec l'Auteur du *Poëme des Jardins,* ni de beauté de ſtyle, ni de richeſſes vraiment poëtiques; je ne puis pas dire, après avoir vu

E

fes charmans tableaux: *Eh ! moi auffi je fuis Peintre !* Mais tel eft l'empire des circonftances, que, ne pouvant en changer l'ordre, je me fuis vu forcé de céder à celles mêmes qui m'étoient contraires.

Enfin, fi l'on s'obftinoit à voir un tort dans ce qui n'eft que le pur effet du hafard, j'oferois dire, peut-être, que la feule chofe qui m'afflige réellement, c'eft de n'avoir pas eu le bonheur de me rencontrer plus fouvent avec un Poëte que tout homme de goût choifira pour modele ; car à la faveur de cette reffemblance, je ferois fûr, au moins quelquefois, d'intéreffer & de plaire ; avantage auquel je fens bien que je ne pourrai prétendre, toutes les fois que le Public ne verra que les détails qui m'appartiennent exclufivement, & dans lefquels je fuis *moi*, & *moi* tout feul.

Au furplus, peut-être n'y a-t-il pas d'autre reffem-blance réelle dans tout l'Ouvrage, que celle qui fe trouve dans les deux exemples qui vont être cités, & qu'il feroit bien facile de changer.

Chant III, page 41.

J'ai dit :

Par-tout à chaque pas, *c'eft le Palais d'Armide*
Qui s'offre élégamment à leur efprit avide.

On lit dans le Poëme des Jardins, Chant premier, en parlant de Marly :

C'eft là que tout eft grand, que l'Art n'eft point timide ;
Là, tout eft enchanté, *c'eft le Palais d'Armide......*

CHANT IV, page 63.

Les branches des tilleuls, qui s'enlacent entre elles,
Forment dans leurs maffifs cent voûtes naturelles,
D'où, par mille replis, les lierres vagabonds,
Jufque fur le Paffant font pendre leurs feftons.

M. l'Abbé Delille a dit dans fon premier Chant, en parlant des arbres que les premiers Hommes laiffoient croître librement, qu'ils venoient d'un doux obftacle.

. . . . embarraffer leurs pas;
Ou pendoient fur leur tête en feftons de verdure,
Et de fleurs, en paffant, femoient leur chevelure.

FAUTES A CORRIGER.

CHANT II, page 29.

D'un peuple d'animaux il voit fortir des mondes!
Lifez, ... il voit naître des mondes!

CHANT III, page 34.

Des races qu'il foumit,
Lifez, ... qu'il maîtrife,

Page 42.

Zéphyr, fans l'agiter, careffoit le bluet;
Lifez, Zéphire même à peine agitoit le bluet;

Page 47.

Ou c'eft pour eux trop tard qu'un jour on voit le temps
Lifez, Quelquefois, mais trop tard, on voit enfin le temps

APPROBATION.

J'AI lu par ordre de Monseigneur le Garde des Sceaux, un Manuscrit intitulé *les Quatre Ages de l'Homme, Poëme*, & n'y ai rien trouvé qui doive en empêcher l'impression. A Paris, ce 7 Juin 1782. GUIDI.

EXTRAIT DU PRIVILÉGE DU ROI.

PAR Privilége du Roi, en date du 26 Juin 1782, il est permis au Sieur *** de faire imprimer & vendre à perpétuité, un Ouvrage intitulé, *les Quatre Ages de l'Homme, Poëme*; avec défenses à tous Imprimeurs ou autres personnes de l'imprimer ou vendre, sans la permission expresse de l'Exposant, ou en cas de cession de sa part, en se conformant aux articles IV & V de l'Arrêt du Conseil, du 30 Août 1777, & ce sous les peines du droit.

LE BEGUE.

Regiftré fur le Registre XXI de la Chambre Royale & Syndicale des Libraires & Imprimeurs de Paris, No. 2680, folio 717, conformément aux dispositions énoncées dans le présent Privilége; & à la charge de remettre à ladite Chambre huit Exemplaires, prescrits par l'article CVIII du Réglement de 1723. A Paris, ce 2 Juillet 1782. LECLERC, *Syndic.*